野人

看漫畫學日語

社長祕書琴葉教你
ビジネス
商用敬語
這樣說絕不失禮

[監修] NHK學園專任講師 山岸弘子
[漫畫] 中村豐

國家圖書館出版品預行編目 (CIP) 資料

【看漫畫, 學日語】社長祕書琴葉教你商用敬語這樣說絕不失禮 : 20 種情境、200 個例句, 輕鬆學會連日本人都讚不絕口的正確敬語 / 山岸弘子監修 ; 中村豐漫畫 . -- 初版 . -- 新北市 : 野人文化出版 : 遠足文化發行 , 2015.06
面 ; 公分 . -- (野人家 ; 144)
ISBN 978-986-384-064-0(平裝)
1. 日語 2. 敬語 3. 社交禮儀 4. 漫畫
803.168 104007803

野人家 144

【看漫畫，學日語】社長祕書琴葉教你商用敬語這樣說絕不失禮：20 種情境、200 個例句，輕鬆學會連日本人都讚不絕口的正確敬語

監　修　山岸弘子
漫　畫　中村豐
翻　譯　黃瀞瑤

總 編 輯　張瑩瑩
副總編輯　蔡麗真
責任編輯　鄭淑慧
美術設計　洪素貞
封面設計　果實文化設計工作室

社　長　郭重興
發行人兼出版總監　曾大福
印務主任　黃禮賢
出　版　野人文化股份有限公司
發　行　遠足文化事業股份有限公司
地址：231 新北市新店區民權路 108-2 號 9 樓
電話：（02）2218-1417　傳真：（02）2218-1142
電子信箱：service@bookrep.com.tw
網址：www.bookrep.com.tw
郵撥帳號：19504465　戶名：遠足文化事業股份有限公司
客服專線：0800-221-029
法律顧問　華洋法律事務所 蘇文生律師
印　製　成陽印刷股份有限公司
初　版　2015 年 6 月

定　價　320 元

【推薦】

最切合日本商務現狀的敬語學習書

當初接到野人文化推薦本書的邀約，讀過書稿後，我二話不說馬上答應。因為書中的各種敬語使用情境非常切合日本的商務現狀，而我覺得這樣的好書亟需中文版的詮釋與說明。

日本有所謂的「學生用語」和「社會人士用語」。兩者雖然沒有明確的定義，前者是對家人及同學使用的語言，是日常生活中接觸電視節目、漫畫或卡通，受到其影響，自然而然學會的用語。然而，一旦開始打工、就業，踏入社會之後，用字遣詞也會隨之而變，開始意識到應該切換為後者的「社會人士用語」。此時，兼顧商務規則與禮節的「敬語」，就成了每個社會新鮮人的必修課題。

本書的二十個情境設定切合日本社會的現實狀況，實用性極高。比方說，第一章的主題「問候」，正是建立人際關係的最基礎。從「問候」開始，新進員工湯取草太與上司瓜間課長一起面臨職場上的各種問題，從兩人身上，我們可以學會：哪些是應該學習，卻往往不知該如何使用的敬語、哪些是我們自以為有禮貌，實際上卻相當失禮的言行、以及愈拚命愈容易導致失敗的迷思。在釐清這些盲點的同時，配合社長祕書櫻井琴葉的改善提醒與重點說明，我們也隨著書中人物慢慢成長，一步步學會身為一個社會人士所應具備的得體言行與應對。如此正面勵志的故事情節讀來格外痛快。而書中人物的造型，例如男士們的西裝與領帶；社長祕書琴葉的服裝與飾品，更是社會人士在商務場合最得宜的服飾參考。

另外，書中的敬語一覽表、各章節末的範例佳句／類似表現與誤用表現的對照、隨書附贈的【電話應對／e-mail 商用敬語大補帖】，無論編排與例句的說明都相當詳細，建議大家平日可以收在抽屜或包包裡，當做字典使用，一有問題馬上可以跟職場達人琴葉求助。

近年來，持打工度假簽證赴日的年輕人從以往的兩千人大幅增加至五千人（資料來源：外交部）；台灣每年訪日的觀光客高達七十七萬人，高居全世界第三名（資料來源：日本政府觀光局 JNTO）；赴日留學的留學生人數高居全世界第四名（資料來源：文部科學省）。而日本來台的觀光客也高居全世界第三名，二〇一四年年更是比前年增加15%，高達一百六十三萬人（資料來源：日本政府觀光局 JNTO）。無論是工作、讀書、旅行，本書皆可派上用場。從漫畫中三個主角的互動，學會各種狀況下的正確敬語與規則禮節，若能再加上「尊敬對方的心意」，即使是書中以外的其它狀況，相信各位也能夠有得體合宜的表現。

很高興有這個機會能向台灣的朋友們推薦這本好書。相信讀完這本書，各位在不久的將來，一定能夠活躍於國際社會。

（東吳大學日文系・推廣部人氣講師）**許育惠**

【推薦】
看漫畫，學敬語！輕鬆練就社會人的基本功

敬語對學習日語的人而言，恐怕是最難跨越的一道難關。偏偏你若想達到高手的境界，這又是不可避免的一道關卡。「成也敬語，敗也敬語」，即使你只有日檢二、三級的日語能力，只要熟練基本敬語用法，日本人就覺得你是日語的高手；反之，即使你具備日檢一級的語彙、文法能力，不會使用敬語，你就無法進入別人眼中的高手領域。敬語就是這樣的一門學問，它是日本社會長久積累下來的一種文化，因此外國人學習者往往無法得其門而入，更因為害怕使用錯誤的心理壓力，不敢在日本人面前使用，所以只能停留在「學生用語」的等級。

因此，當我讀到《社長祕書琴葉教你商用敬語這樣說絕不失禮》的書稿，心中的第一個想法是「那些被敬語規則折磨的學生有救了！」沒想到，連日本人也覺得複雜難懂的敬語法則，竟然可以透過漫畫，用如此有趣的方式說明清楚！本書作者之一山岸弘子長期擔任NHK學園講師，除了文法的說明，書中還可以看到她對職場溝通絕竅、日本商場文化的深入解說。再加上漫畫家中村豐先生有趣的漫畫情節與人物設定，看著社長祕書琴葉、冷笑話課長、天真菜鳥三人組的趣味對話，完全打破我對一般敬語學習書的既有印象！

如果敬語曾是你學習日語的惡夢，那你絕對要讀這本書，相信今後與日本人對話時，一口流利優美的商用敬語，一定能讓你成為眾人眼中的職場A咖。

（淡江大學日文系 助理教授）徐佩伶

【推薦】

不只是語言學習書，更是日本商場文化解說

國際化的時代，外語人才需求不但提高，而且要求愈來愈嚴格，競爭也日益激烈。在台灣，懂日語的人日漸增加，但和日本人交談時能正確使用日語表達意見的人卻不多見。特別是商場上生意往來的場合，能夠使用正確商用敬語的人，仍是少數。

任職於日商公司或經常有機會與日本客戶往來的上班族，一定更能夠體會商用敬語的重要性。如果你正為了如何加強敬語而煩惱，本書剛好可以提供你一個虛擬實境的學習空間。

《社長秘書琴葉教你商用敬語這樣說絕不失禮》是一本實用又有趣的日語學習書。本書設定了各種在商場上會發生的情境，配合有趣的漫畫表現方式，讓讀過的人留下各種情境的畫面印象，可以作為未來商場上應對進退的參考，達到預演的效果。

本書從「問候」開始，打招呼是決定給人第一印象的關鍵。如何在初次見面獲得對方好感，讓商談能夠順利進行下去。透過漫畫中的設定的人物，讀者可以了解自己所處的立場，學習在什麼樣的場合，該有哪些舉止動作？又該講哪些話？

各位可以從本書列舉的二十種情況，個別針對自己有待加強的部分，如：回應、拜託、道謝、邀約、招待、反駁、接待賓客……等，進行演練或複習。另外，在本書後面的幾個章節，也會提及與日本人往來時不可避免的各種場合，如：酒宴、

弔唁、探病、正式宴會。除了敬語的用法，你還能夠學會一些不成文的商場規矩（眉角）以及日本的社會文化。

本書贈送的隨身冊【商用敬語大補帖】更因應了現代商業的需求，提醒讀者在電話應對以及電子郵件書寫時必須注意的事項。不論是即將進入職場的社會新鮮人，還是身經百戰的上班族，都建議攜帶本書，以備不時之需。日語學習者若想加強日語能力，好好利用本書，相信你的日語應對能力一定能有大幅的提升。

近年，日本相當流行《圖解〇〇〇》《用漫畫理解〇〇〇》的書籍，以漫畫的方式，簡潔扼要、深入淺出地介紹一般人認為艱澀難懂的知識。我也一直期待台灣能夠引入同類型的書籍。得知野人文化出版社即將出版這本以漫畫形式解說日本商用敬語的書籍，我十分興奮。推薦給希望能夠與日本人順暢進行交涉談判的上班族，以及想加強自身能力的日語學習者。

（長榮大學應用日文系　助理教授）江旭本

職場禮儀 #3「道歉」的技巧

急著說明理由再道歉，聽起來像藉口
先為造成困擾道歉再說明理由，更有誠意

舉例來說，跟客戶洽談生意卻遲到時，你或許會忍不住說出「電車誤點，所以……」來解釋，但這聽起來卻像藉口及逃避責任。首先，應該先以「申し訳ありません」（萬分抱歉）開口道歉。這時候若能像「遅くなってしまい申し訳ありません」（我遲到了，真是萬分抱歉）這樣，具體說出「對什麼事道歉」的話，更能讓對方感受到你的誠意。

「我的確有錯，但你也有問題」＝推卸責任
收斂表情，告訴對方「我正在深深反省」

道歉時，行為舉止和服裝儀容也是非常重要的要素。穿著牛仔褲去道歉是非常要不得的。即使穿上西裝卻搭配粉紅色襯衫，可能會被人家認為你滿不在乎。基本配件應該是深色西裝搭配白襯衫及樸素的領帶。企業公開道歉時，常可看見道歉的人九十度鞠躬、口說「申し訳ございません」道歉，並且維持五秒左右靜止不動。犯下巨大過失或失敗的情況下，或許要像這樣深深鞠躬才能將道歉之意傳達給對方。

當然表情也很重要，收斂表情，以低沉的聲音慢慢說話，更能表現出認真的態度。最重要的是，千萬不能說「我的確有錯，但你也有問題」這類的話，這無異於火上加油。穿插使用「深く反省しております」（我正在深深反省）、「二度と繰り返しません」（我不會再犯第二次）之類的句子，讓對方感受到你發自內心的歉意。

43

⑤ 職場禮儀專欄

傳授各種商務情境下應注意的職場禮儀，
讓你應對得體、無往不利。

⑥ 商務溝通訣竅

針對職場上的各種難題，
提出具體且有效的解決方法與提醒。

⑦ 各情境適用佳句範例

「這時候該怎麼說？」
各章節末整理了各種情境下的範例佳句，容易查閱的編排，一翻就能用。

情境式「道歉」參考佳句

■ 賠罪的時候

「申し訳ありません」（萬分抱歉。）

更慎重的說法「誠に申し訳ございません」（誠心向您致上歉意。）

NG「すみません」（對不起。）

■ 向對方表達反省之意的時候

「今後は充分気を付けます」
（今後將會更加小心留意。）

更慎重的說法「二度とこのようなことがないよう、充分注意いたします」
（我會好好注意，不再犯一樣的錯誤。）

NG「これからはちゃんと気をつけます」（我以後會小心的。）

■ 口誤時

「考えの足りないことを申してしまいました」
（我不小心說出了欠缺考慮的話。）

更慎重的說法「配慮の足りないことを口にしてしまいました」
（我不小心說出了未經深思熟慮的話。）

NG「失礼しました」（失禮了。）

■ 忘了某件事的時候

「失念しておりました」（抱歉，我失神了。）

NG「わかりません」（我不知道。）
NG「忘れてました」（我忘記了。）

44

換個方式說

除了常用敬語例句，另外整理
「更慎重的說法」「換個方式說」項目，
增加語彙的豐富度。

NG 敬語

列出一般人最常脫口而出的 NG 敬語，
與正確敬語對照，能有效減少誤用。

本書使用說明

① **漫畫情境式教學**
趣味生動的故事情節，在閱讀的過程中，
自然而然學會敬語的規則。
② **圖解文法**
採用圖解分析的方式，
拆解艱澀困難的敬語文法。

③ **敬語錯誤迷思提醒**
提醒一般人最常犯的敬語錯誤，
並具體說明原因，加深印象，減少錯誤。

④ **讀音標示**
重要句子均加上讀音標示，
練習起來更方便！

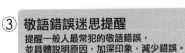

【前言】

一口得體的敬語，讓你贏在職場第一步

「這種時候，該怎麼說才得體呢……」

在職場上，你是否有過這樣的煩惱？

會覺得煩惱也是無可厚非的。因為之前我們從未學過商用敬語，卻在進公司當天被要求使用最符合職場的表達方式，所以新進職員才會一個頭兩個大。本書就是專為想盡快學會符合職場表達方式及禮儀的你所寫的。

在本書中，寬鬆世代[1]的新進職員湯取草太將在社長祕書．琴葉的指導下，學會各種不同的表達方式及禮儀。每一個單元都依照「道謝」、「道歉」等不同的情境描繪，讓讀者更容易學會敬語；光看文字難以想像的情境，透過中村豐老師的漫畫，讓讀者更輕易產生聯想。另外一個特色是，出場人物栩栩如生、躍然紙上，因此我們可以身歷其境，將不同狀況下應具備的表達方式及禮儀深深烙印在腦海中。

光是將本書看過一次也能學習到不少東西，但想要好好學習職場敬語的人，建議使用下列的方式閱讀。就是——**邊看漫畫，邊試著唸出自己想記下來的句子。**這麼一來，便能同時讓眼、耳、口記住適合不同情境的用語。

本書的內容不僅適合社會新鮮人，對於從未好好學習過職場用語及禮儀的人，以及擔任職員教育一職的人也非常實用。

從外在看不到內心的想法。周遭的人只能依據你的用字遣詞及禮儀來想像你的內心、常識及人品。也就是說，只要改善用字遣詞並學習禮儀，周遭的人便會認為你是個「思想健全且具備常識的人」。

衷心期盼本書對你的未來能夠有所助益。

山岸弘子

1　指日本一九八七年之後出生的年輕一代。這輩青年受到二〇〇二年開始推行的「寬鬆教育」（即輕鬆學習）影響，教育大綱將學生必須掌握的內容減少了三成，減輕學生的學業負擔。但是在寬鬆教育下，學生的學習能力普遍下降。一般認為，寬鬆世代的年輕人學習能力和競爭力都不及以往。湯取（YUTORI）的日文發音即同「寬鬆」。

出場人物介紹

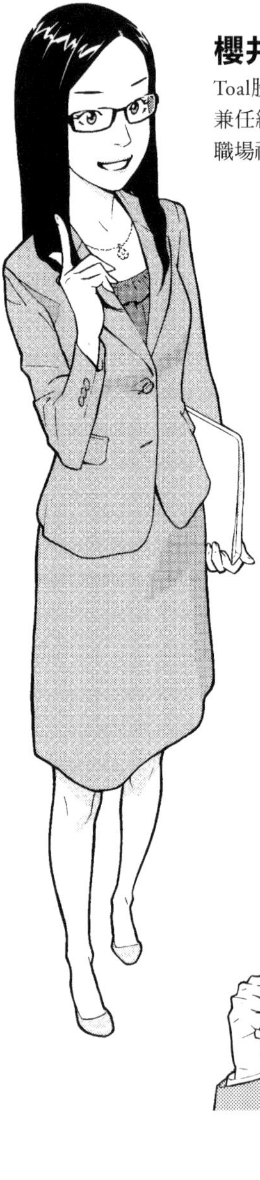

櫻井琴葉（さくらい・ことは）

Toal股份有限公司的第二社長祕書。兼任總務及公關的工作，熟悉敬語與職場禮儀。是個老饕，也很會喝酒。

湯取草太（ゆとり・そうだ）

被分配到Toal股份有限公司營業部第一營業課的新人。喜歡動漫、不善喝酒的23歲青年。身為典型的「寬鬆世代」，常讓前輩們為他擔心，但他本人卻不太在意。

瓜間久利彥（うりま・くりひこ）

Toal股份有限公司營業部第一營業課的課長。湯取的上司。很為下屬著想的熱血男子，美中不足的地方是，常說冷笑話讓周圍空氣凍結。

第1話

問候

——關鍵三至五秒，決定你給人的第一印象

淅
瀝
嘩
啦
Toal
我來為兩位介紹。
這小子是我們第一營業課今年度唯一的新人——
翻找
奇怪？
咦？
名片呢……
Toal 股份有限公司
第一營業課新人
湯取草太
啊，我隸屬KG社的營業課，敝姓小林。
啊，我、我叫湯取草太。
奇怪？
笨蛋！
翻找
我去找一下名片……
你給我站住！
哈哈哈，不好意思，這傢伙還是個菜鳥，不懂規矩……
不能呼吸了
Toal 股份有限公司
第一營業課課長
瓜間久利彥
真是的！你給我仔細看好！商場上的問候要這樣才行！
是。

本日はうっとしい雨のなか わざわざお越しくださいまして、ありがとうございます
（今天承蒙兩位在煩人的大雨之中，特地蒞臨本公司，真的非常感謝）。
認真貌
態度
私 こういう者です
（這是我的名片，我叫這個名字）。
以後お見知り置きを！
（請兩位以後務必記得我！）
好、好的。
唉……
唉……
敬語雖然很重要，但對業務來說最重要的是熱誠！
只要擁有熱血的靈魂，自然而然就能講出敬語了！
就像我一樣！
對不起，我完全不會用敬語……
別在意！在工作上扳回一城就好。
關於您剛才的話——

就算想法再怎麼熱誠，但有時候只要用錯說法，便會在一瞬間讓對方心寒——
那就是敬語。
？
妳好像是……
恕我冒昧。我是社長祕書，名叫櫻井琴葉。
湯取先生，我們是第一次見面吧？
很高興認識妳。
妳說什麼「讓對方心寒」，未免也太誇張了。
不過就是敬語而已嘛！
鞠躬
不，雖然這麼說很失禮，但各位先前的對話，
老實說讓我聽了之後整個人涼了半截。

首先是湯取先生！扣70分！
晴天霹靂
什麼?!
先不提敬語的問題，你根本連基本禮儀都不行！
課長都先開口介紹你了，你卻讓對方先向你打招呼，實在錯得離譜。
忘記帶名片自然不對，在雙方打招呼的中途離席，更是荒謬至極！
啊哇哇哇
嗯！的確是
只不過，任何人都有可能會犯錯。因此碰上那樣的狀況時，
申し訳ございません。あいにく名刺を切らしておりまして、（很抱歉。我的名片不巧剛用完了）
私Toal社営業課の湯取草太と申します，（我是Toal公司營業課的湯取草太）
這麼說會比較好。
還有，加上「刷り上がり次第、郵送させていただきます」（待印刷完成，隨即寄送給您）。
原來如此
「あらためてご挨拶にお伺いいたします」（我會擇日再正式登門問候）之類的句子，是最好的。
原來還有這一招。
另外，提到打招呼，
加入季節用語的話，給人的印象會大幅提升。

「お暑うございます」(今天真是暑氣逼人)或「お寒うございます」(今天真是寒意逼人)是基本，
今天真是暑氣逼人呢！
真是傷腦筋呢！
還有「花冷えでございます」(花開天寒之際)、「紅葉が美しい季節になりました」(已經到了楓紅絕美的季節)等等，若能順應季節，使用不同的詞句，分數會更高喔！
嗯，關於那點，我做得非常好！
沒錯。課長您在問候語中，加入了梅雨季令人煩悶的心情，確實讓人感受到您體貼的心意。
對吧？
但是，使用「うっとしい」(煩人)是不行的。
唔！
應該極力避免給人負面印象的用詞，記得多多使用給人正面印象的詞彙。
已來到令人懷念藍天的季節了。
已來到繡球花恣意綻放的季節了。
還有，大家很常說的「わざわざ」(特地)，也是NG的用法。
咦！不能用嗎？

因為「特地」也有「明明沒必要，卻還要進行」，以及「刻意去做不用做的事」的意思，
因此不要使用比較安全。
謝謝你特地跑一趟。
啊，你在忙嗎？
啊，不是不是，我不是那個意思……
只要說「本日はお足元の悪いなか」（今天氣候不佳，行動不便）這句，就足夠表達出您顧慮的心情了。
另外，在客戶面前使用「こいつ」（這小子）這個稱呼，給人的觀感不佳。
還有，只說「こういう者です」（我叫這個名字）而省略姓名，對第一次見面的人，是極其失禮的行為。
嗚唔唔
暗自竊笑
第一次見面時，使用「申します」（敝姓）會比「ございます」（在下是）更好。
〇〇でございます／在下是〇〇（丁寧語）
弱
〇〇と申します／敝姓〇〇（謙讓語）
佳
特別是第一次見面的問候，會決定那個人給人的印象，因此希望大家可以確實表現出最好的一面。
所以，總結上述的結果，課長扣40分。
今天的得分
60分
30分
唔唔
「請兩位以後務必記得我」這說法太老套了！
唔嗯……我還以為自己表現得不錯，沒想到……
敬語果然很困難呢……

的確，很多敬語的用法都必須努力記住才行。
但是敬語的基本，其實是「尊敬對方的心」。
握拳
請牢記這點，再來只要好好地磨練用字遣詞的SENSE（敏感度），就可以自然而然學會敬語！
SENSE……
！
SENSE是嗎……
拿出
能夠善用敬語，才是有扇子的商務人士！
（※扇子的日文發音「せんす」同SENSE。）
是這意思嗎？
凍結
課長……
好冷啊……

職場禮儀 #1「問候」的技巧

外貌、行動、談吐，決定你給人的第一印象

一般而言，人的第一印象會在三至五秒內決定。因此第一次見面時的問候非常重要。

決定第一印象的三項要點為：外貌、行動、談吐。外貌指的就是打扮、髮型及儀容。身著熨燙整齊的西裝、穿上擦得晶亮的皮鞋，並以梳理整齊的頭髮和別人見面，是「基本中的基本」。

行動則指表情及身體的動作方式。舉例來說，向人鞠躬行禮後，上半身先定住幾秒，再緩緩抬起身體，便會給人沉穩的印象。在桌上放置資料等物品時，不能隨手一丟；先來到距離桌子數公分處並暫停動作，接著緩慢輕柔地放在桌上，就能使動作顯得更優雅。

談話時，除了談吐要有禮之外，更重要的是發音要清楚，音量要適當。自我介紹時必須清楚說出自己的名字。由於緊張時容易愈說愈快，因此提醒自己發音要緩慢、清楚，才能讓說話速度變得更加適中。站在聽者的立場想想，清楚明瞭地說話吧！

登門拜訪客戶時，由自己先遞交名片給對方

由下屬／晚輩先遞出名片給上司／長輩，才是應有的禮儀。另外，由登門拜訪的人先遞交名片。各位拜訪客戶時，請記得自己先遞出名片給對方。

最重要的是要面帶笑容，因此請照鏡子練習笑容吧。再者，面帶笑容也能舒緩緊張的心情喔。

情境式「問候」參考佳句

■ 向初次見面的人打招呼

「はじめまして」（很高興認識你。）

更慎重的説法 **「初めてお目にかかります」**（認識您是我的榮幸。）

NG 「どうも」（嗨。）

NG 「こんにちは」（你好。）

■ 交換名片的時候

「私、株式会社 Toal の湯取と申します」
（我是 Toal 股份有限公司的職員，敝姓湯取。）

更慎重的説法 **「私、株式会社Toal営業部の湯取草太と申します」【全名】**
（我是Toal股份有限公司的職員，我叫湯取草太。）

NG 「私、こういう者です」（我叫這個名字。）【一邊遞出名片】

■ 忘記帶名片的時候

「あいにく切らしておりまして……。
後日あらためてご挨拶にうかがいます」
（很不巧，我的名片剛好用完了……。我會擇日再正式登門問候。）

這句也OK **「のちほど郵送させていただきます」**（之後再寄送給您。）

NG 「うっかり忘れてきちゃいまして……」（我不小心忘了帶……）

■ 準備離開會議時

「今日はありがとうございました。失礼します」
（今天非常感謝各位。我先離開了。）

更慎重的説法 **「本日はありがとうございました。失礼いたします」**
（今天非常感謝各位。我先告辭了。）

NG 「そろそろ時間なので……。さようなら」（時間差不多了……。再見。）

第2話

回應

——營造讓對方容易說話的氣氛

——因此，現在正以這樣的感覺進行當中。
我、我這個月的報告就到此為止。
你說6月才能交貨，這樣來得及嗎？
不知道，依照現狀來看，很難說……
我認為你對客戶下量的預測，未免太樂觀了一點。
な なるほどです
（原、原來如此）。
なるほど…
（原來如此……）
ナルホド ナルホド…
（原來如此、原來如此……）
慌張
慌張
慌張

Toal
那麼這次會議就先到這裡結束
呼～緊張死了⋯⋯
喂，湯取！
我知道你是第一次上臺簡報，所以也無可奈何，
但你在長官發問時，那樣的回應方式，我不能接受！
回應⋯⋯我嗎？
成也回應，敗也回應，你要知道一件事⋯：「善用回應的人，便能控制場面！」
真不愧是瓜間課長！您說的話非常有道理！
琴葉小姐。

這一定是來自您長年與商場老將交手所得到的經驗吧？
還好啦。
那麼，可以請您將「寶貴的經驗」教給湯取先生嗎？
呵
好啊！
湯取你聽好，所謂的「回應」就好比潤滑油。
但是，過度使用「なるほど なるほど」（原來如此、原來如此），會給人一種不尊重對方的印象。
啊！
原來如此。
歸根究柢來說，「なるほどです」（原來如此啊）並不適合對長輩或上司使用。
なるほど
です
おっしゃるとおりです（您說得沒錯）
勉強（べんきょう）になります（我獲益良多）
在正式的場合中，可以像這樣接著使用。
只不過，如果只顧著回應，對話很容易變成自說自話的感覺。
おっしゃるとおりです！（您說得沒錯！）
ごもっともです！（的確有道理！）
點頭點頭
啊，這傢伙根本沒在聽……
這時候……

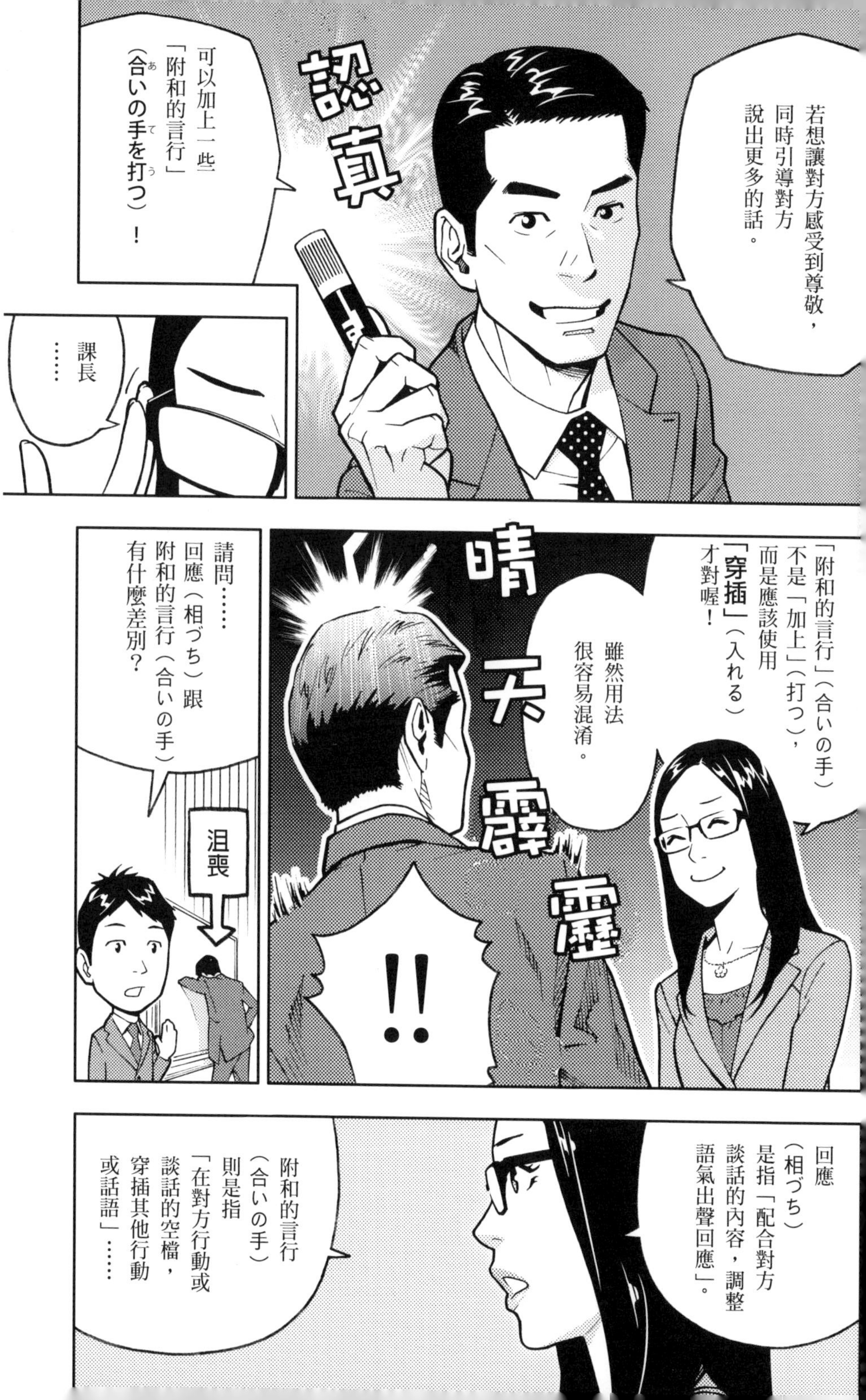
若想讓對方感受到尊敬，同時引導對方說出更多的話。
認真
可以加上一些「附和的言行」（合(あ)いの手(て)を打(う)つ）！
課長……
「附和的言行」（合いの手）不是「加上」（打つ），而是應該使用「穿插」（入れる）才對喔！
雖然用法很容易混淆。
晴天霹靂
!!
請問……回應（相づち）跟附和的言行（合いの手）有什麼差別？
沮喪
回應（相づち）是指「配合對方談話的內容，調整語氣出聲回應」。
附和的言行（合いの手）則是指「在對方行動或談話的空檔，穿插其他行動或話語」……

其實，要嚴格區分「回應」跟「附和的言行」兩者的差別相當困難。
硬要說的話，差別大概就是稍微帶點戲劇性的附和言行，在一般對話中比較難使用吧。
〈常見的附和言行〉
○待ってました！（我等你很久了！）
○よっ大統領！（嗨，總統！）
○それからど(う)した（那之後怎麼了？）
的確給人在KTV或看戲炒熱氣氛的印象
那麼，讓我們一起來學課長所說的，接在回應後「引導對方說話的句子」吧！
比如「とおっしゃいますと?」（您這麼說，言下之意是？）「詳しく教えていただけませんか?」（能不能請您詳細告訴我呢？）這兩句。
您這麼一說，言下意思是？
嗯……其實啊……
即使是難以說出口的內容，應該也能輕鬆地繼續說下去才對。
除此之外，還可以用一句非常方便的句子「お察しします」（我能理解您的感受）。
其實，我老婆在外面有了男人，離家出走了……
在無法輕易表達意見的情況下，暗示對方自己能夠理解對方的苦衷及心情。
……我能理解您的感受……

的確是，像「その気持ちわかります」（你的心情我很了解）這種自以為了解的臺詞，有時候反而會招致對方的反感。
咳咳
表現出尊敬對方的態度，不打斷談話並確實地回應對方。
這樣應該能拉近你和對方的距離才對。
原來如此……
我真是獲益良多！
非常好！
Toai

隔月
なるほど おっしゃるとおりです
（原來如此，您說的沒錯）。
關於那個，我有個提案——
嗯，可以啦，算及格！
……喂，湯取老弟，櫻井她啊，似乎很欠缺對我的敬意呢……
竊竊私語
……我能理解您的感受……
多虧我幫你上課，你現在表現得愈來愈像樣了呢。
哈哈……
……
我認為湯取先生的表現非常出色。
因為他在報告時，適時地「穿插」附和的言行，「加上」沒有破綻的關係。
瞄
嗯？你們說了什麼嗎？

職場禮儀 #2「回應」的技巧

配合對方說話速度回應他，兩人會產生不錯的對話節奏

最近的年輕人經常使用「マジっすか」（不會吧）、「本当ですか」（真的假的）回應，這表示當事人還無法區分「公」與「私」的區別。公司是「公」的場合，因此改變用字遣詞是社會人士的常識。回應的目的是在向對方傳達「我聽到你所說的話了」，可以營造出讓對方容易說話的氣氛。

回應時最基本的要點，就是要配合對方說話的速度。若對方說話較快，就回應得快；若是面對說話慢條斯理的人，則慢慢回應。這麼一來，你和對方之間會產生不錯的節奏感，能讓你們談得更愉快。除了「はい」（是）、「ええ」（對）這類基本的回應之外，若能增加使用「おっしゃるとおりですね」（您說得沒錯）、「それでどうなったのですか」（結果怎麼了呢）之類的句子，將會更加理想。

另外，重複一次對方的句尾也深具效果。好比對方說「昨天真是累死我了」，你就回應「真是辛苦了呢」。重要的是展現出心有同感的態度。

用全身回應對方，讓他知道你在專心傾聽

回應時不光是口頭回應，大家可以試著用力點頭、探出上半身靠近對方、睜大眼睛，以及坐直身子等方式表現你的興趣。一旦你產生「無聊透了」的想法，對方一定也感受得到。請把全身都當成耳朵，專注傾聽對方說話吧。

情境式「回應」參考佳句

■ 回應對方時

「なるほど、おっしゃるとおりです」
（原來如此，您說得沒錯。）

這句也OK **「なるほど、勉強になります」**（原來如此，我真是獲益良多。）

NG **「なるほどです」**（原來如此啊。）

■ 確認要點的時候

「○○ということでしょうか？」（您說的是○○嗎？）

更慎重的說法 **「○○ということでよろしいでしょうか？」**
（您指的是○○，正確嗎？）

NG 「○○ってことですよね？」（你說的是○○對吧？）

■ 想讓對方繼續說下去時

「続きをうかがわせてください」（請告訴我後續的部分。）

更慎重的說法 **「詳しく教えていただけませんか？」**
（可以請您告訴我詳情嗎？）

NG 「教えてほしいのですが」（希望你告訴我……）

NG 「それから？」（然後呢？）

■ 談論無法輕易說出意見的話題時

「お察しします」（我能體會您的感受。）

更慎重的說法 **「お察しいたします」**（您的心情，我感同身受。）

NG **「その気持ちよくわかります」**（你的心情我很懂。）

第3話

道歉

——不辯解，坦承錯誤，更有誠意

啊，是！
對、對不起……不！
本当にすみませんっ!!
（真的很對不起！）
Toal
Toal
不是，所以說那個……
對……
……
喀噠
電話換人接聽了，我是課長，敝姓瓜間。
……是、是，原來是這樣啊！
起
拿
啊！
まったくもっておっしゃられますとおりでございます（您說的非常有道理）。
我無可辯解……
不，言い返すお言葉もございません（我完全無話可說）。
那麼等確認完成後，立刻向您回報……是，再見。

認真貌
即使對方看不見，也要鞠躬道歉！
你跟著我做！
厚く お詫び 申し上げます!!
（萬分抱歉！）
課長，謝謝你。
真是的！你可別以為只要一味地道歉就可以喔。
必須加入誠意才行！
……
啊，琴葉小姐！
呃！又出現了！
……請別把人說得像妖怪一樣。
我來這裡，是想跟您確認公司運動會的參賽成員表。
我、我的敬語果然還是不行嗎……？
哎唷！
怎樣？又想挑剔我說的話嗎？
不，與其說是不行……
湯取先生你的情況是……

根本完全沒有用到敬語喔！
「本当にすみませんでした」（真的很對不起）只是丁寧語。
只是把「すまない」（對不起）改得更客氣慎重而已，並不含有謙讓／尊敬的意思。
済む／完成（動詞）
＋
ない／不（否定的助動詞）
すまない／對不起
丁寧語
すみません／對不起
根據使用的狀況不同，有可能給人輕浮的印象，因此請多注意。
我一直以為將口語「すいません」（對不起）的「い」換成「み」，就會變成敬語了……
最適合在這種情況下使用的敬語，應該非「誠に申し訳ございません」（誠心向您致上歉意）莫屬吧。
誠に申し訳ございません（誠心向您致上歉意）。
……算了啦，下次小心點。
這句是一定要的！
原來如此

只不過，很可惜。
在那種情況下，應該使用更具有重量、無懈可擊版的「申し訳のないことに存じます」（心懷抱歉向您致上歉意），不是嗎？
呵
……
冷風
……看來，
這次是我表現得略高一籌呢……
颼颼
……既然您這麼認為，那麼我就直話直說……

※ 雙重敬語：指一個語彙同時使用了兩種敬語的型態，是錯誤的日文表現。

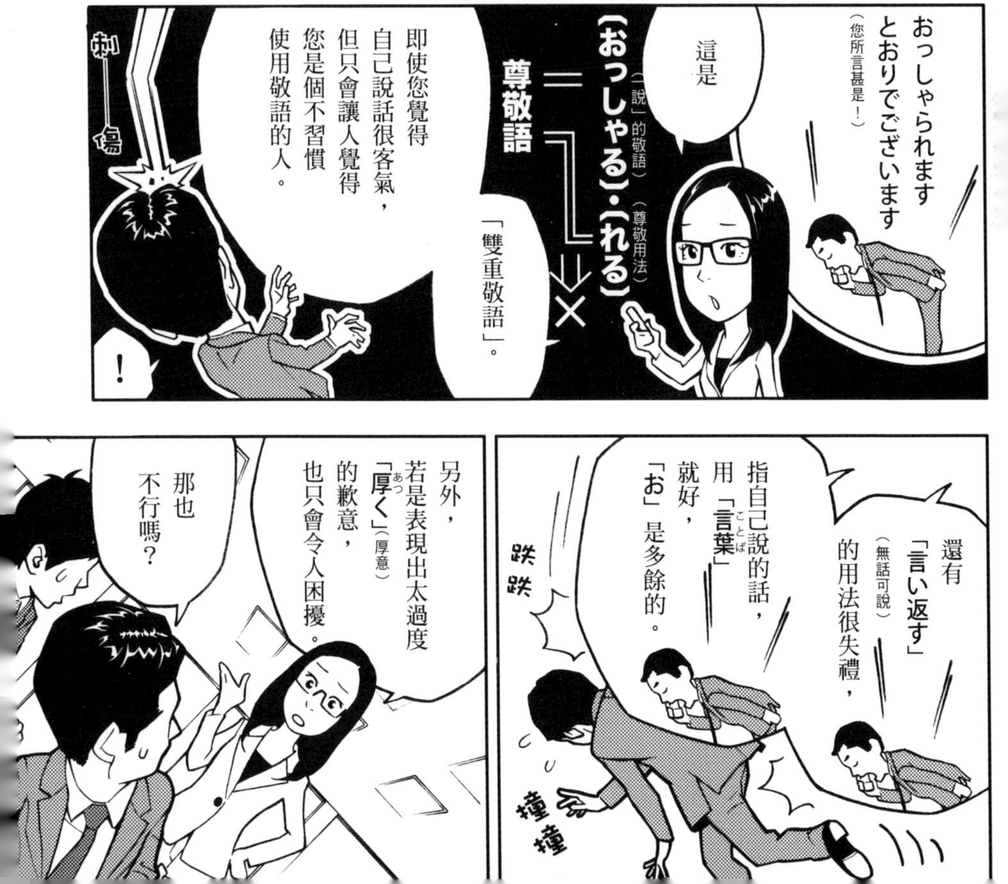
おっしゃられますとおりでございます（您所言甚是！）
這是
〔おっしゃる〕（「說」的敬語）・〔れる〕（尊敬用法）＝尊敬語⇒×
「雙重敬語」。
即使您覺得自己說話很客氣，但只會讓人覺得您是個不習慣使用敬語的人。
刺—傷
!
還有「言い返す」（無話可說）的用法很失禮，
指自己說的話，用「言葉」就好，「お」是多餘的。
跌跌
撞撞
另外，若是表現出太過度「厚く」（厚意）的歉意，也只會令人困擾。
那也不行嗎？

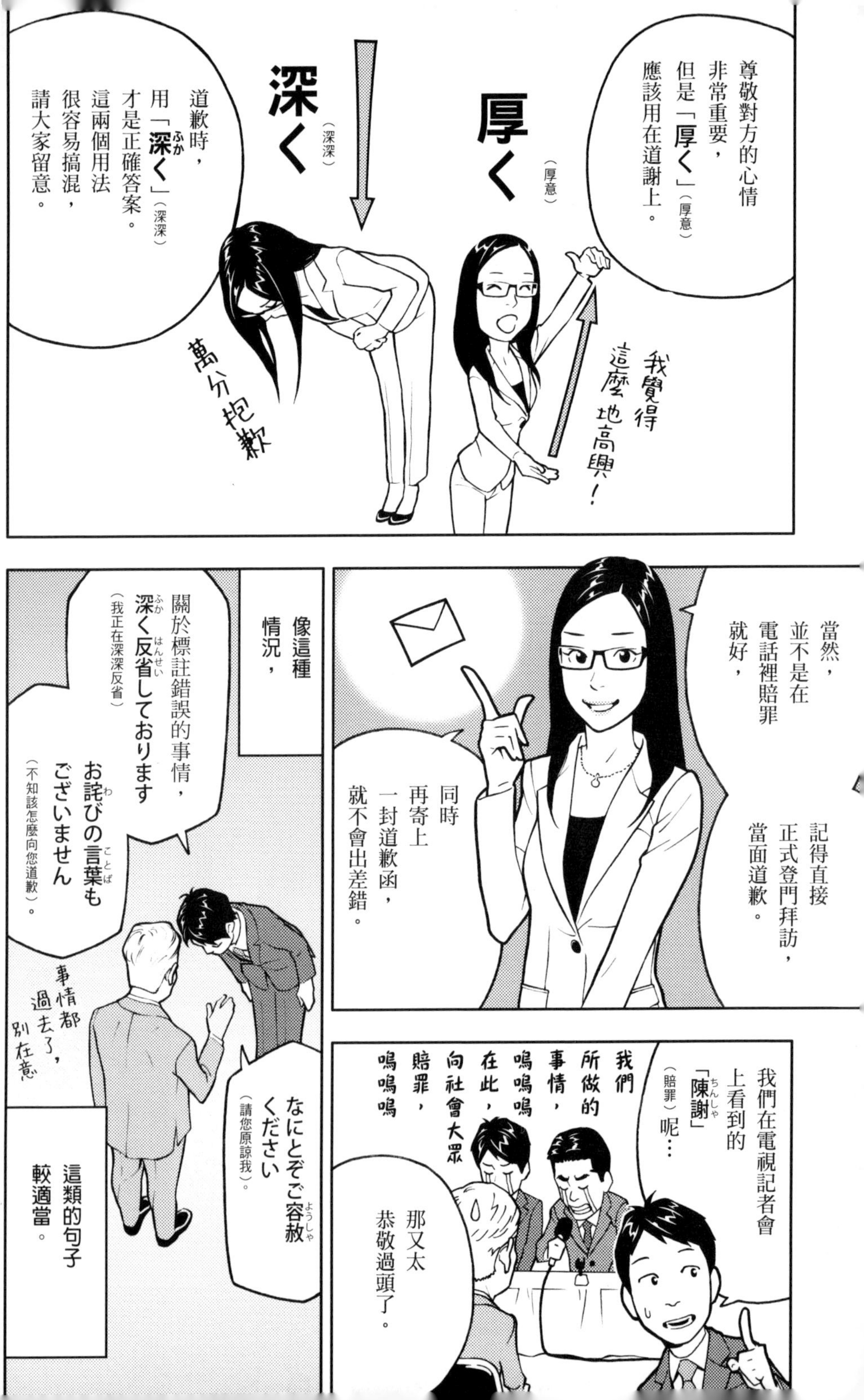

尊敬對方的心情非常重要，但是「厚く」（厚意）應該用在道謝上。
厚く（厚意）
我覺得這麼地高興！
深く（深深）
道歉時，用「深く（ふか）」（深深）才是正確答案。這兩個用法很容易搞混，請大家留意。
萬分抱歉
當然，並不是在電話裡賠罪就好，
記得直接正式登門拜訪，當面道歉。
同時再寄上一封道歉函，就不會出差錯。
像這種情況，
關於標註錯誤的事情，深く反省しております（我正在深深反省）
お詫びの言葉もございません（不知該怎麼向您道歉）。
事情都過去了，別在意
なにとぞご容赦ください（請您原諒我）。
這類的句子較適當。
我們在電視記者會上看到的「陳謝」（賠罪）呢…
我們所做的事情，嗚嗚嗚在此，向社會大眾賠罪，嗚嗚嗚
那又太恭敬過頭了。

另外，有一個比「反省」更強烈的詞，就是「猛省（もうせい）」（深刻反省），
喀噠喀噠
但是這個詞並非口頭用語，
比較適合用在電子郵件或文書上。
即使是道歉一件事，也有各種不同的敬語。
但是若無法適時適所地使用，就沒有效果。
也就是說，不管灌注多少誠意在裡頭，如果無法使用正確且適當的敬語，便無法讓對方明白你的心意，是嗎……
沒錯！讓我們使用正確的敬語，百分之百表達出自己的誠意吧！

於是
交期也趕上了，客戶總算原諒我了。
那真是太好了！
喀
看來你似乎成功挽回自己的過錯了呢！
啊，琴葉小姐，托妳的福，我得救了！
對啊對啊，都要多虧妳幫我們上課。
這樣啊？那真是太好了！
……我徹底忘記這回事了，怎麼辦？湯取老弟。
課長，這時候當然只能那個啦！
……
對了，
只有你們第一課還沒交出運動會的參賽成員表？
青筋
申し訳ございません！（萬分抱歉!!）
……
我感受不到你們的誠意喔……

職場禮儀 #3「道歉」的技巧

急著說明理由再道歉，聽起來像藉口
先為造成困擾道歉再說明理由，更有誠意

舉例來說，跟客戶洽談生意卻遲到時，你或許會忍不住說出「電車誤點，所以……」來解釋。但這聽起來卻像藉口及逃避責任。首先，應該先以「申し訳ありません」（萬分抱歉）開口道歉。這時候若能像「遅くなってしまい申し訳ありません」（我遲到了，真是萬分抱歉）這樣，具體說出「對什麼事道歉」的話，更能讓對方感受到你的誠意。

「我的確有錯，但你也有問題」＝推卸責任
收斂表情，告訴對方「我正在深深反省」

道歉時，行為舉止和服裝儀容也是非常重要的要素。穿著牛仔褲去道歉是非常要不得的。即使穿上西裝卻搭配粉紅色襯衫，可能會被人家認為你滿不在乎。基本配件應該是深色西裝搭配白襯衫及樸素的領帶。企業公開道歉時，常可看見道歉的人九十度鞠躬、口說「申し訳ございません」道歉，並且維持五秒左右靜止不動。犯下巨大過失或失敗的情況下，或許要像這樣深深鞠躬才能將道歉之意傳達給對方。

當然表情也很重要。收斂表情、以低沉的聲音慢慢說話，更能表現出認真的態度。最重要的是，千萬不能說「我的確有錯，但你也有問題」這類的話。這無異於火上加油。穿插使用「深く反省しております」（我正在深深反省）、「二度と繰り返しません」（我不會再犯第二次）之類的句子，讓對方感受到你發自內心的歉意。

情境式「道歉」參考佳句

■ 賠罪的時候

「申(もう)し訳(わけ)ありません」（萬分抱歉。）

更慎重的說法　**「誠(まこと)に申(もう)し訳(わけ)ございません」**（誠心向您致上歉意。）

NG「すみません」（對不起。）

■ 向對方表達反省之意的時候

「今後(こんご)は充分(じゅうぶん)気(き)を付(つ)けます」
（今後將會更加小心留意。）

更慎重的說法　**「二度(にど)とこのようなことがないよう、充分(じゅうぶん)注意(ちゅうい)いたします」**
（我會好好注意，不再犯一樣的錯誤。）

NG「これからはちゃんと気(き)をつけます」（我以後會小心的。）

■ 口誤時

「考(かんが)えの足(た)りないことを申(もう)してしまいました」
（我不小心說出了欠缺考慮的話。）

更慎重的說法　**「配慮(はいりょ)の足(た)りないことを口(くち)にしてしまいました」**
（我不小心說出了未經深思熟慮的話。）

NG「失礼(しつれい)しました」（失禮了。）

■ 忘了某件事的時候

「失念(しつねん)しておりました」（抱歉，我失神了。）

NG「わかりません」（我不知道。）

NG「忘(わす)れてました」（我忘記了。）

第4話
詢問
—事先做好準備，無論問人或被問都能沉著回應

呃，這個嘛……你說的確實沒錯。
但是如果那個提案，對方不肯接受……
差不多到什麼程度，對方才願意妥協呢？
……
企劃開發課 鈴木課長
Toal
企劃開發課
呃，あの（那個）……你問我什麼程度，その（這個）……
あの（那個）我想反問，鈴木先生照你的意見（鈴木さんなりの），你可以接受的底線差不多什麼程度？
!!
照我的意見……
是嗎？
喀
噠
非常抱歉！關於這份企劃，我們先帶回部門討論，明天再給您答案！
何かご不明な点がございましたらお尋ねしていただければ（如果有什麼不清楚的部分，請您儘管開口詢問）。

……湯取，我說你啊，
是……
講話的時候不要用太多「あのー」（這個）、「そのー」（那個）之類的！
還有，別用問題回答人家的問題！太沒禮貌了！
以及什麼「鈴木先生照你的意見」，
笨蛋！
你再這樣下去，恐怕永遠無法獨當一面喔！
對、對不起！
怎麼了嗎？

……原來如此。
的確有很多人像口頭禪一樣使用「あの」（這個）、「その」（那個）。
使用次數太多，聽起來並不恰當喔！
沒錯。一般來說，這些字被稱呼為語言中的「噪音」。
這些字在心情急躁或是急著想找話來說的時候，很容易脫口而出，但是在商務場合上應該極力避免。
記得開口之前，先想好接下來要說的話。
「×× 照你的意見」（××さんなりの～）正如課長所說的，非常失禮。
「～なり」（照～做～）正如「子どもなりの考え」（小孩有小孩的想法）一般，用在貶低進行動作的人之意。
我會照自己的做法加油
小孩子照他的方式反省
歹勢
詢問對方時，較恰當的說法是：「××さんのお考えをお聞かせください」（×× 先生／小姐，請告訴我您的想法）。

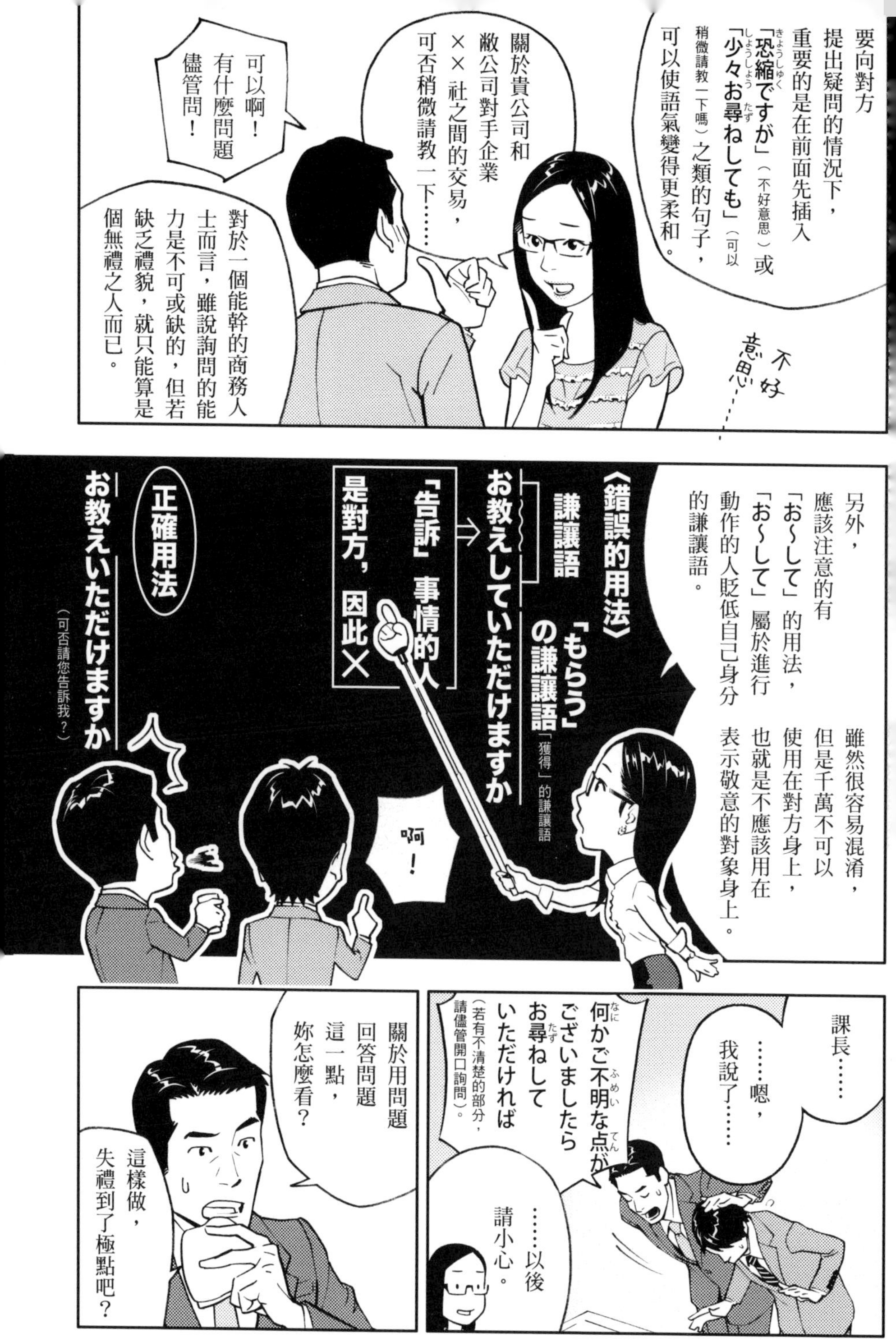
要向對方提出疑問的情況下，重要的是在前面先插入「恐縮ですが」（不好意思）或「少々お尋ねしても」（可以稍微請教一下嗎）之類的句子，可以使語氣變得更柔和。
關於貴公司和敝公司對手企業××社之間的交易，可否稍微請教一下……
不好意思……
可以啊！有什麼問題儘管問！
對於一個能幹的商務人士而言，雖說詢問的能力是不可或缺的，但若缺乏禮貌，就只能算是個無禮之人而已。
另外，應該注意的有「お～して」的用法，「お～して」屬於進行動作的人貶低自己身分的謙讓語。
雖然很容易混淆，但是千萬不可以使用在對方身上，也就是不應該用在表示敬意的對象身上。
〈錯誤的用法〉
謙讓語
お教えしていただけますか
「もらう」の謙讓語（「獲得」的謙讓語）
⇒「告訴」事情的人是對方，因此×
正確用法
お教えいただけますか（可否請您告訴我？）
啊！
課長……
……嗯，我說了……
何かご不明な点がございましたらお尋ねしていただければ（若有不清楚的部分，請儘管開口詢問）。
……以後請小心。
關於用問題回答問題這一點，妳怎麼看？
這樣做，失禮到了極點吧？

LIVE
嗯，要視情況而定，無法斷定好或不好。舉例來說……
你的看法如何？
日本險勝
MF 本村 圭太
關於比賽勝負嗎？還是關於我個人的表現？
……不過，這麼曖昧不清的問題，也難怪他會反問了……
只不過，為了模糊焦點、不願正面回應，因此反問對方，的確很失禮。
申し訳ございません（非常抱歉）。
私の一存ではお答えできかねますので、いったん社に戻りまして、上の者と相談させてください（我無法依自己想法任意回答，請讓我先回公司，跟上頭的人討論之後，再給您答覆）。
如果自己無法對應的話，就像課長所做的一樣，老老實實道歉並帶回去處理即可。
這麼一來，惹對方生氣的風險也會比隨便敷衍來得大幅降低。
另外，只要事先說出自己明白的範圍，對方也就無法隨意動怒了。因此，
〈回應問題的例子〉
○お尋ねの件に関しましては○○のように聞いております（關於您詢問的那件事，我聽說是○○。）
○現段階でお話しできる範囲でお答えさせていただきます（我就以現階段能夠說的範圍回答您的問題。）
○私が存じている内容はこの程度ですが——（我知道的內容只有這個程度——）
使用這幾個句子應該就能順利回應對方的詢問。
啪

我不懂的事情實在太多了，妳教的這些句子，實在幫了我一個大忙。
笨蛋！還不是因為你事前沒有準備好，所以才不懂！
課長說的沒錯。
如果該傳達給對方知道的意見沒有統整好，不管知道多少慣用句都沒意義。
雖然很理所當然，但是事前準備好應該要說的內容才是最重要的。
這麼一來，不管是詢問別人或被問任何問題，應該都能沉著冷靜地回應才對。
嗯……
好的……

公關室
誠に恐縮ですが、私から質問させていただいてもよろしいでしょうか？
（不好意思，可以讓我請教幾個問題嗎？）
沉著
表現得不錯嘛！
是、是嗎？
我對你刮目相看了！
……直截了當且沉著冷靜地否定我的詢問……
很好，很誠實……
究竟是有成長還是沒成長……
我收回說過的話，我看你差不多可以獨當一面了。
如果讓我就現階段的情況回答，
我還不行！
冷靜！

職場禮儀 #4「詢問」的技巧

初次見面或不熟時，避免詢問隱私

在商業場合上，避免詢問上司或長輩的隱私才是應有的禮儀。詢問是要求對方回答的強迫行為。請別忘了，詢問上司或長輩的行為本身即屬失禮。

即使是待人和善的上司，也不會喜歡下屬詢問「○○先生／小姐您有幾個家人？」、「房子是您自己的嗎？」這類的隱私。

「談生意時看見掛在房間裡的獎盃，可以詢問對方『您喜歡高爾夫球嗎？』，好找出打開話匣子的方法。」或許有人這麼想，但這也是累積不少經驗，跟對方的距離也縮短到某種程度之後，才可以採取的做法。新進員工第一次見面就詢問對方的隱私，有時反而會使對方心生警戒。

根據不同的目的，分開使用「封閉式詢問」及「開放式詢問」

詢問可分為只能以是或不是回答的「封閉式詢問」，以及需要很多話才能回答的「開放式詢問」兩種。舉例來說，「這商品是塑膠製的嗎？」屬於封閉式詢問。「這商品製造時經過什麼樣的程序？」則屬於開放式詢問。

在想要引導對方說出真心話，或是欲加深你和對方的關係時，使用開放式詢問有極好的效果。

而在想要確認對方的想法時，使用封閉式詢問更能正確地收集到必須的情報。在對方似乎有口難言，你卻又找不到打開話匣子的開口時，封閉式詢問也是先為談話引擎加溫的有效辦法。

情境式「詢問」參考佳句

■詢問事物的處理方法時

「こちらは、いかがしましょうか？」
（這件事，您覺得該怎麼做呢？）

更慎重的説法　**「こちらは、いかがいたしましょか？」**
（這件事，您認為該怎麼處理呢？）

NG「ここ、どうしましょうか？」（這個，怎麼辦？）

■ 確認內容時

「○○ということでしょうか？」（是○○，正確嗎？）

更慎重的説法　**「○○ということでよろしいでしょうか？」**
（是○○，正確無誤嗎？）

NG「○○でよろしかったでしょうか？」（○○對嗎？）

■ 希望對方考慮時

「お忙しいと存じますが、検討していただけませんか？」（百忙之中打擾，但能否請您考慮考慮？）

更慎重的説法　**「お忙しいところ恐縮ではございますが、ご検討いただけませんか？」**（百忙之中打擾，真的很抱歉，但能否請您考慮？）

NG「とりあえず考えてもらえませんか？」
（總之，可不可以請你考慮一下？）

■ 詢問對方意見時

「ご意見をお聞かせいただけますか？」
（可以告訴我您的意見嗎？）

更慎重的説法　**「ご意見をお聞かせいただけますでしょうか？」**
（能否請您告訴我您的意見？）

NG「ご意見をお願いします」（請説説你的意見。）

第5話

稱讚他人

—根據對象慎選用詞，真心比說話技巧更重要

祕書室
瓜間課長您來找我商量事情，還真是難得呢！
妳答應我的請求，真是不勝感激。
稱讚的方法嗎？
因為最近妳常指出我使用了錯誤的敬語用法，
所以我開始感到不安，怕自己對客戶或上司用錯稱讚的方法。
還有，我也想多學幾種不同的稱讚方式。

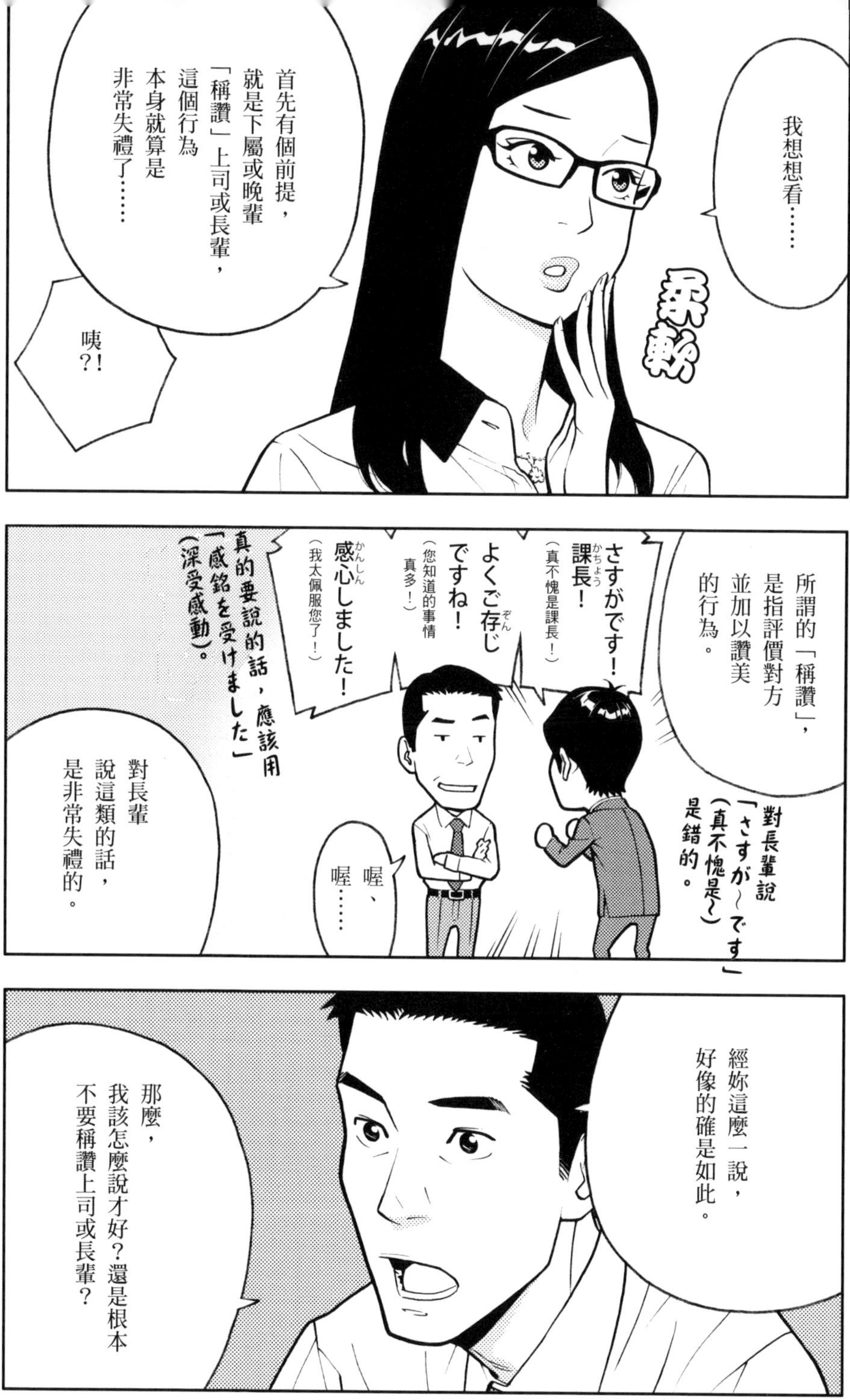
我想想看……
柔軟
首先有個前提，就是下屬或晚輩「稱讚」上司或長輩，這個行為本身就算是非常失禮了……
咦?!
所謂的「稱讚」，是指評價對方並加以讚美的行為。
さすがです！課長！（真不愧是課長！）
よくご存じですね！（您知道的事情真多！）
感心しました！（我太佩服您了！）
真的要說的話，應該用「感銘を受けました」（深受感動）。
對長輩說「さすが～です」（真不愧是～）是錯的。
喔、喔……
對長輩說這類的話，是非常失禮的。
經妳這麼一說，好像的確是如此。
那麼，我該怎麼說才好？還是根本不要稱讚上司或長輩？

對上司或長輩不該「稱讚」，
而是「表現出敬佩之意」。
表現出敬佩之意
稱讚
部長
課長
小職員
因為現在沒有對象，所以我想不出具體的話……
舉例來說好了，看到對方的工作表現，
会社の心臓部で働いていらっしゃるのですね
（聽說您在公司的中樞工作，是嗎？）
難しそうなお仕事ですね
（您的工作一定很困難吧！）
這類的方式如何呢？
中樞是嗎？
不錯耶！
在敬語方面，只要小心「お／ご」以及「れる／られる」的用法即可。
不要試圖評價對方的表現，而是敘述具體的感想，或許會比較好。
具體的感想……

比如，不是說「部長您歌唱得真好」
而是「部長的聲音，聽起來很舒服」之類的。
哦，是這樣嗎？
原來如此！
如果您想多學幾種不同的稱讚方式，
可以在句子中加入俚語典故或成語等等，同時也能讓對方明白您的語彙能力喔！
成語？
可以用的有這些。
【八面六臂】はちめんろっぴ（三頭六臂）
【一騎当千】いっきとうせん（一夫當關，萬夫莫敵）
【豪放磊落】ごうほうらいらく（豪放磊落）
【軽妙洒脱】けいみょうしゃだつ（怡然瀟灑）
【温厚篤実】おんこうとくじつ（溫厚篤實）
【不撓不屈】ふとうふくつ（不屈不撓）
【不言実行】ふげんじっこう（埋頭苦幹）
原來如此。那，該怎麼用呢？

例子
使用時，請根據狀況自行調整喔！
「八面六臂のご活躍ですね！」
（您彷彿施展了三頭六臂的本領！）
「一騎当千のごときご対応！」
（您的對應，真是一夫當關，萬夫莫敵啊！）
「豪放磊落とはまさに××さんのことですね！」
（豪放磊落這句話，簡直就是在形容××先生／小姐您啊！）
「××さんの軽妙洒脱さには脱帽です！」
（我對××先生／小姐您的怡然瀟灑敬佩不已！）
「××さんから不撓不屈の精神を学んでおります」
（我從××先生／小姐您身上，學會了不屈不撓的精神。）
「今は不言実行のときだと××さんのご姿勢から学びました」
（我從××先生／小姐您的態度中得知，現在正是埋頭苦幹的時刻。）
「温厚篤実なお人柄を見習いたいと思っております」
（您為人溫厚篤實，我想向您看齊。）
如果可以把這些句子用得好，一定很帥！
做筆記寫下來好了

另外，不止稱讚別人，獲得別人稱讚的時候，也希望可以聰明地回應。
「皆さまのおかげです」（托各位的福）、「もったいないお言葉です」（您的讚美，我不敢當），這些句子在表示謙遜之意的同時，還能給對方面子。
此外還有——
今後も精進いたします（今後我會更加努力精進）。
これも××さんのご尽力（お力添え／ご指導）のおかげです（我能有這樣的表現，全都要感謝××先生／小姐的鼎力相助／大力協助、不吝指導）。
身にあまるお言葉をいただき、恐縮しております（承蒙您的讚美，我實在不敢當）
諸如此類。

關於那方面，下次該換我幫湯取上幾堂課才行了。
不過那傢伙大概也沒什麼機會讓人稱讚他。
不行喔！
不可以老是責備他，偶爾也該讚美他幾句啊！
真是的
唔！
咳 咳咳 咳
要我讚美那傢伙……
嗯…
發呆
「你總是我行我素，佩服佩服！」
「你真是公私分明耶！」（內心話：偶爾也該陪我出去喝一杯，知道嗎？）
純粹是諷刺
雖然說讓下屬有積極工作的心也是上司的工作，但大概是出自先入為主的觀念，我面對那傢伙的時候，腦袋裡就是無法出現正面的詞句啊……
……也是啦，他就是那種人嘛……
與世無爭

你今天也加班嗎？
啊，課長。
對不起，有很多瑣碎的工作，我還沒做完……
沒關係啦，你只要豪放磊落地做你自己就好了。
拍
厂ㄠ ㄈㄤ……？
……稱讚這傢伙，也只是對牛彈琴嗎……
算了啦！那些無聊的工作明天再做！
我們去喝酒吧！GO GO！
嗚啊

職場禮儀 #5「稱讚他人」的技巧

稱讚基本上是上對下的行為，「稱讚」上司或長輩時請慎選用詞

一般而言，溝通高手擅長稱讚他人。然而，稱讚基本上是屬於上對下的行為。新人若想要稱讚上司或前輩，請記得必須慎選字詞。

受到上司或前輩的工作表現感動時，即使你覺得自己是在向對方表示敬意，也不能說出「プレゼン上手ですね」（你報告得真好）、「話がうまいですね」（你真會說話）、「参考になりました」（值得參考）這類的話。因為這些話都給人「高人一等」、自以為了不起的印象。

如果真的很想向對方說一句話，告訴對方「勉強になりました」（獲益良多）、「教えていただくことばかりです」（您教了我不少東西），比較能表現出敬佩之意。

稱讚他人時，真心說話比技巧重要，發自內心，表情和聲音才會一致

在接待貴客的場面中，為了讓對方感到輕鬆舒適，有人認為「必須大讚美對方不可」。

但是光是嘴上說著「領帶真好看呢」這類空泛的好聽話，聽起來反而做作。缺乏誠意的讚美，對方聽了非但不會高興，恐怕還會讓他心生不快。

稱讚他人時，真心遠比說話技巧更重要。比方說，打從心底覺得對方身上穿的衣服很好看時，就直率地稱讚「您今天這套衣服的顏色真好看」。只要是發自內心所說的話，表情和聲音自然會替你傳達出你的想法。

情境式「稱讚他人」參考佳句

■ 稱讚的時候

「感銘を受けました」（我深受感動。）

換句話説　**「教えていただくことばかりです」**（總是承蒙您的教導。）

NG「さすがですね」（真不愧是你。）

NG「見直しました」（我對你刮目相看了。）

NG「よくご存じですね」（你懂很多嘛。）

NG「たいしたものですね」（真了不起。）

■ 獲得別人指導時

「勉強になりました」（我學到了不少，獲益良多。）

換句話説　**「よく理解できました」**（我明白了。）

「お教えいただき、ありがとうございました」（謝謝您的指導。）

「ご教示くださり、ありがとうございます」（承蒙指導，感激不盡。）

NG「参考になりました」（值得參考。）

NG「教え方が上手ですね」（你很會教嘛。）

■ 被稱讚的時候（給前輩或上司面子）

「ありがとうございます。先輩のおかげです」
（謝謝您的讚美。都是托前輩的福。）

更慎重的説法　**「ありがとうございます。課長のご指導のおかげです」**
（謝謝您的讚美。這都要感謝課長您的指導。）

換句話説　**「これも瓜間さんのお力添えのおかげです」**
（這也是多虧瓜間課長您的鼎力相助。）

NG「ええ…まあ…」（還好啦…沒有啦…）

■ 被稱讚的時候（向對方傳達自己的幹勁）

「今後も頑張ります」（我今後也會繼續加油的。）

更慎重的説法　**「今後も精進いたします」**（今後會更加努力精進。）

NG「いや、たまたまですよ」（沒有啦，只是碰巧而已。）

第6話

稱讚事物

——活用五感具體描述感受，更能表達真心

嘟—嘟
呼！
嘟嘟
啊啊，好涼爽……
開門
哎呀，湯取先生今天自己接待來賓啊！
這是我返鄉時帶回來的伴手禮。
不嫌棄的話，請各位一起吃。
神戸
南斗加庵
啊，不好意思，謝謝，勞您費心……
慌慌張張

呃，清明節連休的部分（お盆休みのほう），您過得怎樣？
是，托您的福，我返鄉好好休息了幾天。
哈哈哈……這樣啊、這樣啊……呃——那太好了呢。
焦躁不安
加油！
咦？
……瓜間課長？
哎呀哎呀哎呀，不好意思！謝謝您這麼客氣！
呼！
この前もいただいたばかりだというのに
（上次才收了您的禮物，您實在太客氣了）。
不用客氣
對、對啊。年中賀禮的部分（お中元のほう），我們也吃得很開心。
站著說話不方便，來來，請往這邊走。
……

Toal
……那麼，今後也請您多多指教！
Toal
咳咳！
唔！
兩位現在方便嗎？
……是。
首先，湯取先生現在學會顧慮對方了，這點非常好，但是「部分用語（ほうほう言葉）」實在不可取。
部分用語（ホーホー言葉）…？
HOHO
「清明節連休的部分」、「年中賀禮的部分」兩句話中的「部分」（ほう）
SAY HO

或許你認為這麼說比較有禮貌，但是沒有必要的「ほう」，反而會給人「這個人用字遣詞還不成熟」的印象。
飲料的部分
比起曖昧不明的表達方式，使用清楚明白的語句，感覺聰明多了。
水的部分
部分
甜點的部分
盤子的部分
行李的部分
座位的部分已經準備好了。
點餐的部分~
結帳的部分~
你要像我一樣，總是坦然直率地表達出自己的心情才行！
還有，關於課長。
對方送了年中賀禮，您在表示感謝時只說「この前もいただいたばかりで」（上次才收了您的禮物，您實在太客氣了），敬意恐怕不是很足夠。
嗚
再加上一句「先日はお気遣いいただき、誠にありがとうございます」（由衷感謝您的心意），應該更能顯示出您慎重感謝的心意才對。
另外，你們兩位都一樣，
如果可以對收到的禮物多美言幾句就更好了。
撕
哎呀！這是網購非常受歡迎的商品呢！我也非常喜歡這家店喔！
之類的
咬

除此之外，收到食品的情況，可以這麼說——
「みごとな果物」（好漂亮的水果）、「みずみずしい梨」（新鮮多汁的梨子）、「香り高いお茶」（茶香清雅的茗茶）、「甘い香りが部屋いっぱい広がります」（辦公室裡充滿了甜美的香氣）。
記住這些句子，或許會比較方便。
清香宜人的紅茶
如果收到的是食品之外的東西，可以說——
「早速使わせていただいております」（我迫不及待地拿來使用了）或者「大変便利で課内でもひっぱりだこです」（功能非常方便，在我們課內十分搶手）。
另外，如果收到的禮物是新奇罕見的東西，可以說「珍しいものをいただきまして」（謝謝您送了如此珍奇的物品）、「貴重なお品をいただきまして」（謝謝您送了如此貴重的禮品）等等，
具體描述出物品的價值，對方應該會很開心才對。
具體描述，是嗎……
筆記 筆記
原來如此
嚼 嚼
比如：淡淡的香氣，吃完之後口中還留有餘韻，讓人一個接一個，無法停手。
第3個

順便一提，若是前去拜訪客戶，可以說——
「私もこういうところで働きたいものです」（我也想在這樣的地方工作）或「すばらしい眺めですね」（窗外的景緻真美）等等，
66樓是我們的新辦公室。
我也想在這樣的地方工……
扭到
稱讚客戶的辦公室，也深具效果。
特別是如果對方剛搬進新的辦公室，禮貌上也要表達一些感想。
……其實我才剛搬來，東西都還沒買齊。
…広々として羨ましい限りです（好寬敞的辦公室，真是太令人羨慕了）。
空無一物
稱讚物品或場所，等於間接地稱讚對方。
即使面對的是難以直接稱讚的對象，若以間接的方式稱讚，雙方的抗拒感也會減少。
可是，稱讚收到的東西實在很難耶……
有的東西實在很難說什麼……
這是什麼
部長的伴手禮
這個嘛，就看你怎麼說囉！
第4個
嚼
好吃

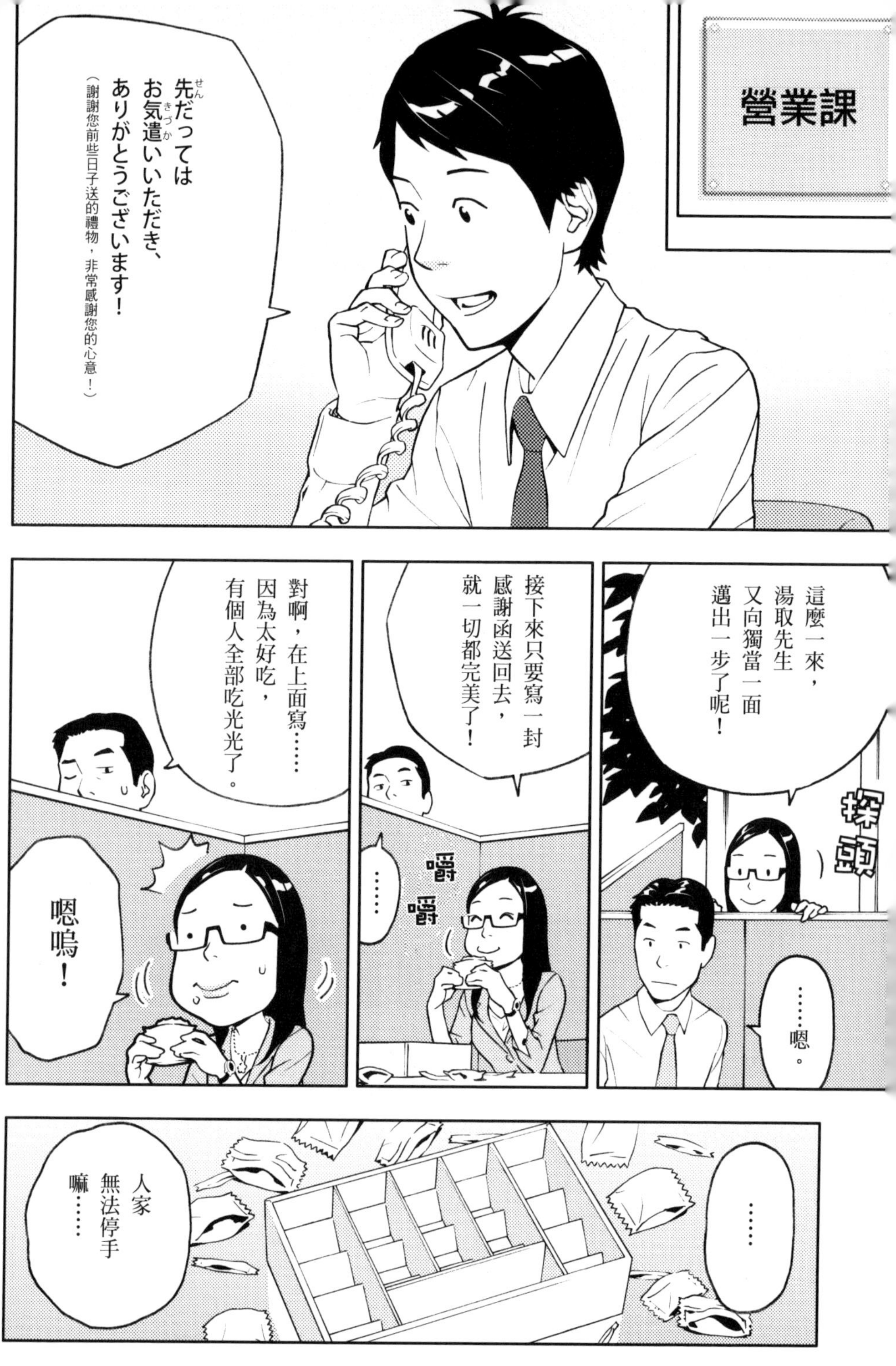

營業課
先だっては お気遣いいいただき、ありがとうございます！
（謝謝您前些日子送的禮物，非常感謝您的心意！）
這麼一來，湯取先生又向獨當一面邁出一步了呢！
探頭
……嗯。
接下來只要寫一封感謝函送回去，就一切都完美了！
……
嚼嚼
對啊，在上面寫……因為太好吃，有個人全部吃光光了。
嗯嗚！
……
人家無法停手嘛……

職場禮儀 #6「稱讚事物」的藝術

「很好吃」或「很好用」容易流於形式化，活用五感具體描述，將真心傳達給對方

收到伴手禮時，不要只說句「謝謝」就結束對話，再加上一句話，更能提高對方對你的好感。然而只說「很好吃」或「很好用」之類的感想，容易流於形式化的印象。因此稱讚時也要發自真心讚美。描述味道、香氣、外觀、使用感受等等，活用五感並具體描述自己的感受，更能將自己的感覺傳達給對方。

比如：「かわいいお菓子なので食べるのがもったいないぐらいでした」（這點心造型太可愛，我覺得吃了很可惜）、「果物のいい香りで幸せな気分になりました」（水果的香味讓我覺得很幸福）、「こんなに書きやすいペンは初めてです」（第一次用到這麼好寫的筆）之類。

收到禮物後當然必須擇日另外正式向對方道謝；然而收到禮物的當下，若能立刻說句讚美的話，才是「能幹的商務人士」必備的條件。聽見「ここのお店のお菓子、前から一度食べてみたかったんです」（我從很久以前就很想吃吃看這家店的甜點了）這句話，贈禮的人應該也會覺得很開心才對。

商務場合，收到禮物不要馬上打開

收到贈禮，當然會很想當場打開確認，但若對方是重視傳統禮節的人，他可能會覺得你「當場打開，實在缺乏常識」。若是私人場合，對方又是年輕一輩的話，或許可以當場打開並回答：「哇，好棒喔！」然而在商務場合中，若對方年事已高，還是不要打開比較安全。即使在私人場合中要當場打開的話，先問一句「可以打開嗎？」才是應有的禮貌。

情境式「稱讚事物」參考佳句

■ 送上伴手禮時

「気持ちばかりのものですが、召し上がってください」（小東西不成敬意，請您享用。）

換句話說　**「ほんの心ばかりのものですが、どうぞお納めください」**
（這是我的一點小心意，請您收下。）

NG「これどうぞ」（這送你。）

NG「つまらないものですが…」（只是小東西……）

■ 收到禮物時

「ご丁寧にありがとうございます」
（謝謝您，您太客氣了。）

換句話說　**「お気遣いありがとうございます。ありがたく頂戴いたします」**（多謝您的心意。我就心懷感激地收下了。）
「お心遣いいただきありがとうございます。遠慮なく頂戴いたします」（謝謝您還想到我。我就不客氣地收下了。）

NG「わざわざありがとうございます」（謝謝你特地買東西送我。）

■ 當場稱讚時

「早速、使わせていただきます」
（我迫不及待想使用了。）

換句話說　**「貴重なものをありがとうございます。大切にします」**
（謝謝您送了如此貴重的禮物。我會好好珍惜的。）

第7話

拜託

——提出強人所難的請求，更要用緩衝、委婉的語氣

採訪……？
採訪我嗎？
對。下個月的社報，已經決定要介紹各部門新人這半年來的奮鬥歷程。
我不行啦……
淚眼汪汪
好不好嘛？
拜託你！

……好。
真的嗎?!太好了!
琴葉小姐拜託自己,任誰都無法拒絕的。
那麼,下次我再過來正式訪問你喔。
小聲
嗯?你說了什麼嗎?
啊,沒事。
如果妳可以幫我去拜託山田化學的話,他們說不定就會點頭答應了……
哎呀,你有什麼煩惱嗎?
靠近
你可以找我商量呀?
啊,不,還不到「煩惱」的程度啦……
什麼什麼?你說來聽聽嘛?快點!
快說嘛
不,可是……
好痛!別捏我啦……
拜、拜託您了……

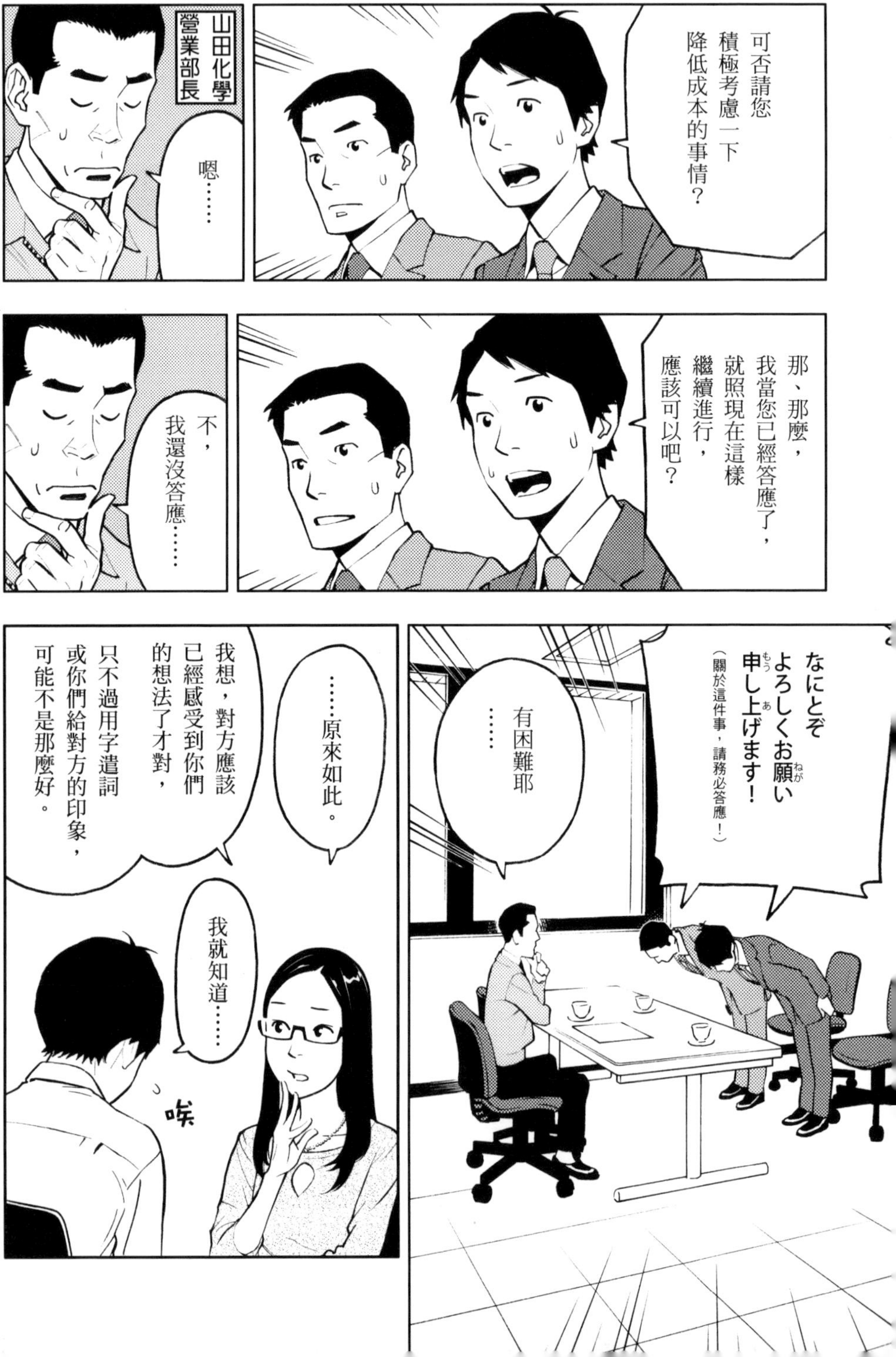
可否請您積極考慮一下降低成本的事情？
山田化學營業部長
嗯……
那、那麼，我當您已經答應了，就照現在這樣繼續進行，應該可以吧？
不，我還沒答應……
なにとぞよろしくお願い申し上げます！
（關於這件事，請務必答應！）
有困難耶……
……原來如此。
我想，對方應該已經感受到你們的想法了才對，只不過用字遣詞或你們給對方的印象，可能不是那麼好。
我就知道……
唉

怎麼說呢，
首先，要向客戶提出強人所難的請求時，在句子最前面加上緩衝用語（クッション言葉），印象會變得比較柔和。
砰
「誠に勝手なお願いですが」（我知道這是很任性的要求）
砰
「ぶしつけなお願いで恐縮ですが」（抱歉提出如此無禮的請求）
砰
「折り入ってお願いしたいことがあるのですが」（我有件事誠懇地拜託您）
唔唔，你繼續說吧。
諸如此類，先給點時間緩衝再進入正題，客戶應該也比較容易接受才對。
緩衝用語……原來如此，先聽到這些話，的確比較能做好心理準備。

如果還要繼續說下去，可以將「考えてもらえませんか?」（可不可以請您再想想？）更慎重一點，改成「ご検討いただけませんでしょうか?」（能否請您再考慮一下呢？）
考えて——（你想一下嘛——）
這樣的用法稱為「正式用語」（改まり語），是為了營造出正式的氣氛，所使用的字詞。
ぜひご検討を！（請務必列入考慮！）

比如說「今天」改成「本日」，「きのう」改成「さくじつ」。建議大家可以將基本的用法記起來。
噠噠

平常的用法	正式用語
きょう	本日
きのう	昨日（さくじつ）
あした	明日（あす・みょうにち）
おととい	一昨日（いっさくじつ）
あさって	明後日（みょうごにち）
去年	昨年
おととし	一昨年
ゆうべ	昨夜
後で	のちほど
今度	このたび
さっき	先ほど
前に	以前
もうすぐ	まもなく
すぐに	ただいま・至急・早急に
こっち	こちら
そっち	そちら
あっち	あちら
どっち	どちら
こんな	このような
そんな	そのような
あんな	あのような
どんな	どのような
どう	いかが
じゃあ	では
だから	ですから
考える	検討する
確かめる	確認する
謝る	謝罪する

正式用語……我第一次聽到。

※ 指導手冊敬語：指服務業（如飯店或超商）的員工指導手冊中的敬語例句，其中部分的使用方式其實是錯誤的，卻經常被誤用。

除此之外，也有很多人習慣使用這些句子，因此請多加留意。
〈錯誤〉⇒〈正確〉
○「○○になっております」（這屬於○○。）
⇒「○○でございます」（這是○○。）
○「お名前を頂戴できますか」（可以給我您的名字嗎？）
⇒「お名前をお聞かせ願えますか」（我可以請問您的大名嗎？）
或者用「承ります」（請問貴姓大名？）
○「お電話番号をいただけますか」（可以給我您的電話號碼嗎？）
⇒「お電話番号をお聞かせ願えますか」（我可以請問您的電話號碼嗎？）
或者用「お教えいただけますか」（方便告訴我您的電話號碼嗎？）
的確是很常聽到的句子。
只要你使用正確的詞句，加入你的真心，並誠心誠意地拜託，我想對方應該會聽的！
千萬不要放棄！
好！我再去拜託一次！
遵命！

隔月
新人們的半年…
肩負
未來的年輕人
因為嚴格的上司，每天過得心驚膽跳
答應請求的山田化學
湯取草太（23）
東京都人。
平成○○年從○○大學○○學系畢業後，
進入本公司營業部第一營業課。
業
企
你覺得怎樣？
哎呀，感覺好害羞喔！
我覺得不行！太不起眼了！
出
冒
！
課長！
櫻井，報導我無數的功績，會比介紹這種半吊子更受好評喔！
下個月報導我！怎樣？
標題就寫「訪問瓜間營業課長～與他的光榮事蹟～」！
哈、哈……
我、我想……下個月恐怕不太可能，
還有機會的話，我再來拜託您！
眼睛水汪汪
唔嗯！
我隨時都等妳來喔！
再見囉！
是～
不、不愧是琴葉小姐……表面上看起來是拜託，其實是婉轉的拒絕……！

職場禮儀 #7「拜託」的訣竅

拜託他人，比起「請幫我……」改成疑問句「能否幫我……」更有禮貌

　雖說是新進員工，但一定也有必須拜託某個人的情況。好比拜託客戶遵守交貨期限，或者拜託上司確認文件等等。

　有些人會因為緊張，忍不住用了「～してもらってもいいですか」（請你幫我做……，可以嗎？）這類迂迴的表達方式，但請記得基本句型應是「～していただけますか」（可以請您做……嗎？）最近使用「～してください」（請做……）的人也不少，但這是屬於命令口氣，因此千萬要小心。即使是電子郵件，使用時也須慎重。

　想更客氣一點的話，比起直接詢問，使用否定形可以給人更好的印象。比如「～していただけますか？」（可以請您做……嗎？）↓「～していただけませんか？」（能否請您做……呢？）

　另外，在句子最前面加上「お忙しいところ申し訳ありませんが」（抱歉百忙之中叨擾）、「お手数をおかけしますが」（麻煩您）之類的緩衝用語，便可將你顧慮對方的心清楚傳達給對方。

當面拜託對方，語尾發音輕柔含蓄，給人較為委婉的印象

　當面拜託對方時，訣竅是「～していただけますか？」語尾的「か」發音輕柔含蓄一點。因為「か」的發音若太強烈，聽起來像是命令的語氣。

　只要改變語尾的發音方式，給人的印象就會變得較為委婉，請大家嘗試看看。

情境式「拜託」參考佳句

■ 拜託別人時

「○○していただけますか？」（可以請您○○嗎？）

更慎重的說法 「○○していただけませんか？」（可否請您○○呢？）

■ 拜託別人時使用的緩衝用語

「お忙しいところ申し訳ありませんが」
（抱歉，百忙之中叨擾您。）

「お手数をおかけしますが」（麻煩您。）

「誠に勝手なお願いですが」（我知道這是很任性的要求。）

「ぶしつけなお願いで恐縮ですが」
（抱歉提出如此無禮的請求。）

「ご面倒でなければ」（如果不麻煩的話。）

「ご都合がよろしければ」（如果您方便的話。）

■ 想確認事情時

「よろしいでしょうか？」（請問這樣可以嗎？）

NG 「いいですか？」（對嗎？）
NG 「よろしかったでしょうか？」（應該沒錯吧？）

■ 想問對方的意見時

「ご意見をお聞かせ願えますか？」（可否請教您的意見？）

更慎重的說法 「ご意見をお聞かせいただけないでしょうか？」
（能否請您將您的意見告訴我呢？）

NG 「意見を聞かせてもらっていいですか？」（我可以問一下你的意見嗎？）

第8話

拒絕

——告知拒絕理由及替代方案，才不致損害彼此關係

會議室
A
……這個月的業務會議到此結束。
凸凹印刷提出的羊年特賣促銷商品專案，我們公司的接受度好像不是很好……
這也難怪，畢竟預算有點緊……
我先前已經告訴過對方，叫他們別太期待，
但是，現在該怎麼拒絕比較恰當……

這時候就該使出課長你最擅長的九十度鞠躬加「申し訳ございません」（萬分抱歉！）了。
嗯！
腰部的角度一定要抓好。
萬分抱歉！
我說你這是在要我嗎?!
哎呀，好精采的獨角戲呀！
哇－
因為是很重要的客戶，況且考慮到今後彼此的關係，
當然希望可以圓滿順利地拒絕對方！
圓滿順利地
拒絕……？

若想要婉轉傳達「拒絕」的想法，我最推薦的方法當然還是添加緩衝用語。
不僅可以緩和自己給對方的印象，也能將顧慮的心情傳達給對方。
也是，突然來一句「お断りします」（我拒絕），其實還蠻令人受傷的。
務必拜託……
啊，我拒絕！
我可沒
沒錯，根據情況，說不定還有可能破壞之前的良好關係。
請在話語之中插入這些句子，婉轉地告知對方。
堆疊
「せっかくのお話ですが」（虧您提出這麼好的條件。）
「お役に立てず残念なのですが」（很遺憾，我幫不上忙。）
「心苦しいのですが」（我心裡也很難受。）
「今回は見送らせてください」（這次就讓我觀望一陣子吧。）
「大変残念でございますが」（我覺得非常遺憾。）
「ありがたいお話なのですが」（您提出的條件非常令人感謝。）
看我的
啊，不痛耶！

這句「今回は見送らせてください」（這次就讓我暫時觀望一陣子吧），在商務場合已經是固定的拒絕用句。裡頭包含了「我不希望砍斷彼此之間的緣分」的語氣，因此可以在不損害對方心情的情況下順利拒絕。
很抱歉我無法幫上什麼忙，這次就讓我暫時觀望一陣子吧。
「這次」？那麼下次……下次就拜託囉?!
也就是保留備胎的意思嗎……
女人還真可怕……
你們在說什麼啊！
提到「お役に立てず」（幫不上忙），就聯想到「役不足」（大材小用）這句話。其實這句話經常遭到誤用，你們知道嗎？
咦？誤用？
嗯。
當上頭交代一份自己沒信心能做好的工作時，很多人會使用這句話，
我們跟堅物商事的買賣……可以交給你負責嗎？
我、我太役不足（大材小用）了……
我不行！
這是誤用嗎？

「役不足」（大材小用）是能力高的人，被人委託一件程度低下的工作時所使用的話。
我、我現在才知道！
所以不應該使用在自己身上。
正確的使用例子
那爺爺你演樹吧！
菜鳥導演
導、導演，那個角色對那位而言太大材小用了！
大咖演員
……
特別是在表示謙遜時，要表示自己力量不足的話，使用「力不足」（ちからぶそく）（力有未逮）才是恰當的。
◎抬高別人的身分時
役不足（大材小用）
「その仕事は××さんには役不足ですよ」
（那份工作對××而言，太大材小用了。）
◎表示謙遜的時候
力不足（力有未逮）
「この仕事は自分にはまだ力不足です」
（這份工作對我來說，實在力有未逮。）
※他們在談商務上的事。
回到先前的話題，無法回應對方的拜託時，當然也需要清楚明瞭地向對方表達拒絕之意。
拜託，至少一次也好……！
如果總是以曖昧含糊的回應拖延，反而會讓自己給人的印象變得更糟。

只不過「できません」（對不起）、「無理です」（我辦不到）這樣的回答，很可能給人太過強烈的拒絕感受。
妳太過分了！
我死給妳看！
啊！
「ご意向に添えず、申し訳ございませんが、ご提案をお受けすることはできかねます」（無法回應您的想法，我感到萬分抱歉，但這次恐怕無法接受您的提案）。
「ご要望に添いたいところですが、現状では承りかねます」（我也很想滿足您的要求，但就現狀而言，只怕有困難）。
……我明白了，真可惜。
大家可以利用這些句子，圓滑婉轉、同時態度堅定地傳達拒絕之意。
重點是使用時要如何區分「婉轉」和「清楚明瞭」之間的差異。
沒錯！
不過，既然是要拒絕，我覺得「清楚明瞭」一點比較好。
就算斬釘截鐵的拒絕也好……
總比當備胎好呢……
所以，你們兩個到底在說什麼啊?!

我們都拒絕了，凹凹印刷還是不死心呢。
即使拒絕了，他們還是常接受我們強人所難的要求，我在他們面前真是抬不起頭來。
說到抬不起頭來，就想到我們老是讓琴葉小姐幫忙呢。
嗯，她真是個能幹的女孩。
我覺得她是個很棒的女性……！
嗯？你怎麼了？難道你對她……
不、不是啦！我只是想謝謝她平常的幫助。
你這傢伙還真好懂呢！
不過，她的確幫了我們不少忙，為了表示感謝，應該送點……禮物什麼的……
吃的！
食物！
……琴葉小姐看起來很會吃呢……
那女孩真的很會吃……
哈啾

職場禮儀 #8「拒絕」的注意事項

婉轉拒絕＝「緩衝用語＋拒絕理由＋替代方案」

工作時也會碰上不得不拒絕對方拜託的場面。站在新人的立場，可能不太敢拒絕別人，但從客戶的角度看來，你就是公司的代表。萬一在對方的壓力之下輕率地答應了要求，最後的結果不僅是自己公司，也會給對方公司造成麻煩。當場無法判斷的情況下，只要先告知對方「上司に確認しますので、いったん持ち帰らせてください」（我必須向上司確認，因此請讓我先將這件事帶回公司討論），之後應該就能順利解決，不至於造成問題。

拒絕時，如果只直接告知對方「相談したけれど無理だと言われました」（我跟上司討論過了，但是上司說不行）之類的結論，容易給人幼稚的印象。愈是負面的內容，告知時愈需要細心注意。想要婉轉拒絕不損害對方的心情，最基本的做法是採用「緩衝用語＋拒絕的理由＋替代方案」。有時候不要直接告知對方拒絕的理由較好。至於能說明到什麼程度，請跟上司商量。

拒絕私人邀請，要具體告知理由，最後補上「下次有機會，請讓我一起去」

每個人都有獲得上司邀請卻無法同行的時候。那種情況下以「我有點事」這類理由拒絕，給人的印象不佳。應該如「風邪気味なので、今日は帰って明日に備えます」（我好像快感冒了，今天先回去休息，以因應明天的工作）或「仕事がまだ終わらないので」（我工作還沒做完）般具體告知拒絕理由，上司也比較能夠接受。再補上「次の機会にはお供します」（下次有機會，請讓我一起去）等等，就能順利圓滿地拒絕。

情境式「拒絕」參考佳句

■ 拒絕時的緩衝用語

「あいにくでございますが」（很不巧。）

「申し訳ございませんが」（萬分抱歉。）

「せっかくでございますが」（虧您提出這麼好的條件。）

「大変残念でございますが」（非常遺憾。）

「ありがたいお話なのですが」（您提出的條件很令人感謝。）

「心苦しいのですが」（我心裡也很難受。）

■ 拒絕的句子

「今回は見送らせてください」（這次就讓我暫時觀望一陣子吧。）

「○○できかねる状況です」（我現在的狀況無法做到○○。）

「○○することができませんでした」（我無法○○。）

「お役に立てず残念です」（很遺憾我幫不上忙。）

「ご意向に沿えず申し訳ありません」
（無法回應您，我感到萬分抱歉。）

「○○いたしかねます」（恐怕無法○○。）

■ 提出替代方案

「○○ではいかがでしょうか？」（○○的話，您意下如何？）

第9話
道謝
——具體表達想感謝的事，對方才能明白你的心意

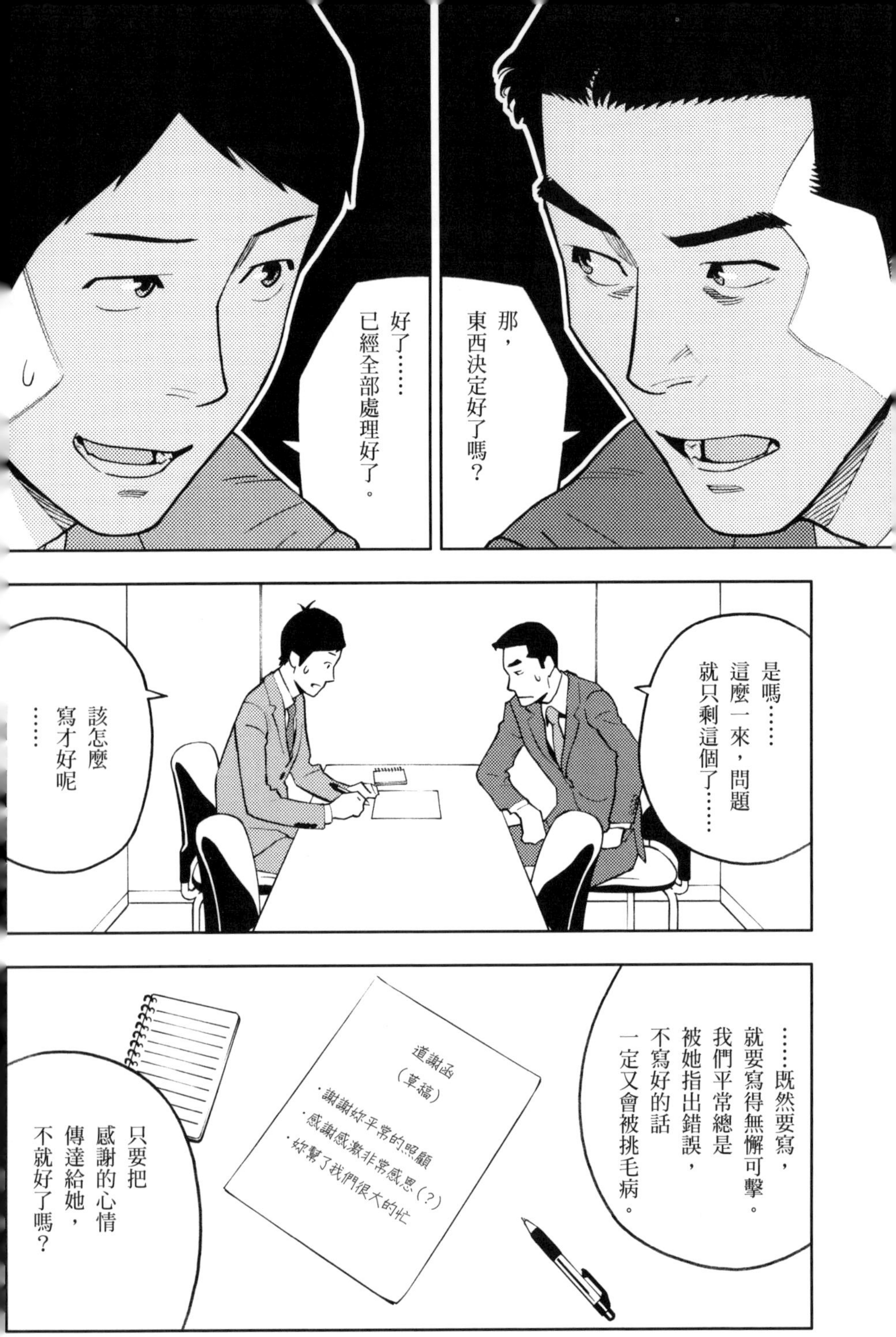
那，東西決定好了嗎？
好了……已經全部處理好了。
是嗎……這麼一來，問題就只剩這個了……
該怎麼寫才好呢……
……既然要寫，就要寫得無懈可擊。我們平常總是被她指出錯誤，不寫好的話一定又會被挑毛病。
道謝函
（草稿）
・謝謝妳平常的照顧
・感謝感激非常感恩（?）
・妳幫了我們很大的忙
只要把感謝的心情傳達給她，不就好了嗎？

不行，我們也有
我們的面子要顧。
一定要給她一點
顏色瞧瞧……！
握拳
探頭
你們要給誰
顏色瞧瞧？
!!
你們兩個
人偷偷摸摸地
在做什麼？
真可疑啊
……妳從哪裡
開始聽的？
我只聽到
「給她一點顏色瞧瞧」
而已喔！
還好
她沒聽到。
呼！
既然
琴葉小姐都來了，
不如就
問她看看吧！
？
你是
白癡嗎?!

感謝的話語嗎？
對，我們想向平時經常照顧我們的人表示感謝……
……
真有心！
提到感謝的話，就會想到「ありがとうございました」（謝謝），
不過那句話很難讓人知道說話的人想感謝什麼，因此在商業場合，需要明確說出感謝的對象。
因此，可以使用這些慣用句。
〝お心遣い〞に感謝いたします（感謝您的關照）
↓感謝對方關照自己
〝ご配慮〞に感謝いたします（感謝您的顧慮）
↓感謝對方的細心顧慮
〝ご親切〞にありがとうございました（謝謝您對我如此親切）
↓感謝對方的親切態度
〝お手数〞をおかけして恐れ入ります（給您添了麻煩，真是不敢當）
↓感謝對方不介意自己造成麻煩
〝お骨折り〞いただきましてありがとうございます（謝謝您不惜辛勞幫助我）
↓感謝對方為自己盡心盡力
具體表達出你想感謝的事，也比較容易讓對方明白你發自內心感謝的心情。

※ 和語與漢語：和語是日本原本使用的固有詞彙；漢語是自中國傳來、經過日本人改良的漢字詞彙，念法通常是音讀。

回到正題。
想以更高一級的表達方式表示感謝時，我推薦大家使用傳統的尊敬語或「正式用語」（改まり語）※。
記住「ご高配」（關懷）、「ご厚情」（盛情）之類的尊敬語，會很有幫助。
ご高配…照顧的尊敬表現
ご厚情…好意的尊敬表現
○誠にありがとうございます（誠心感謝）
○心より御礼を申し上げます（打從心底感謝）
○厚く御礼を申し上げます（向您致上最深的謝意）
＋
例
○ご高配を賜り誠にありがとうございました（誠心感謝您的關懷）
○ご厚情を賜り心より御礼を申し上げます（打從心底感謝您的盛情關照）
將上述慣用句組合使用，可以提升話中的敬意等級。
另外，向對方致謝時，記得選用適合對方及場面的表達方式。
きめ細やかなご配慮にいつも感謝いたしております（謝謝您平日無微不至的關心與顧慮）。
態度認真
態度認真
このたびは格別のご高配を賜り、深謝の限りでございます（感謝您多方關照，我深深感謝）。
可是，我覺得太過正式的話，真正的心意似乎反而會被忽略……
感謝您平常對我的盛情與關照……
僵硬口吃——

※ 請參照第７話。

最重要的當然還是說話者的心意呀！
但是請別忘了，使用敬語的行為本身，也是在表現尊敬對方的「心意」。
因此，即使講得結結巴巴，還是可以將你感謝的心意傳達給對方喔。
……我果然還是比不過妳。找妳商量是正確的。
對啊，很值得參考……！
順便一提，你用的「参考になりました」（值得參考），容易讓人認為自己的建議真的僅供參考而已，所以換成「勉強になりました」（獲益良多），給人的印象會比較好。
Toai
妳的一番話讓我獲益良多……

幾天後
櫻井琴葉　小姐　收
？
啊，那是營業課的人說要給妳的。
謝謝妳總是時而溫柔、時而嚴格地（？）
陪我們討論問題，
我打從心底向妳致謝。
我真的很感謝琴葉小姐
妳給我的幫助。
真的很謝謝妳。
第一營業課代表　湯取草太
哎呀哎呀，原來如此……
……看來這次是我太多管閒事了……
打開
哎呀！
嗯唔！他們的「心意」我收下了！
咀嚼咀嚼
琴葉，分一個給我嘛！

職場禮儀 #9「道謝」的訣竅

道謝時看著對方的臉、眼睛，聲調應比平常稍微高一點

道謝時，光靠言語道謝是不夠的。看著對方的臉及眼睛，以清楚開朗的聲音告知對方，更能確切傳達感謝的心情。只靠言語道謝，就算對方能夠明白，但還是很容易不小心變得草率了事，因此請注意。

好比獲得上司稱讚時，卻邊敲打鍵盤邊回應「謝謝」，這樣是無法將感謝之意傳達給上司的。請暫停手邊的工作，身體轉向對方，以開朗的聲音清楚地向對方說「謝謝」。

聲調最好比平常稍微高一點。舉例來說，如果平常以「DO」的音調說話，道謝時則以「SO」的音調回答「哇，很開心獲得您的讚美！謝謝！」若像說悄悄話一樣低聲回答，對方完全無法感受到你開心的感覺。

最近有越來越多人道謝時以「あざ～す」（「謝謝」的省略說法）回答，但即使對方是彼此熟悉到能夠互開玩笑的前輩，這樣的回答也不恰當。清楚明白地說出「ありがとうございます」回應，才能提升你給人的好感。

比起「不好意思」，更該用的是「謝謝」

道謝時，有些人習慣使用「すみません」。「すみません」雖然是很方便的表達方式，但它本來是道歉時所使用的句子，並非表示感謝的詞句。對長輩或上司表示感謝之意時，還是應該好好地使用「ありがとうございます」或「感謝（かんしゃ）しています」（感謝您的讚美）才對。

情境式「道謝」參考佳句

■ 道謝時

「誠にありがとうございます」（誠心感謝。）

換句話說　「感謝いたします」（非常感謝。）

「心よりお礼を申し上げます」（由衷向您致謝。）

■ 感謝的對象

「お心遣い」（感謝對方關照自己。）

「ご配慮」（感謝對方的細心顧慮。）

「ご親切」（感謝對方的親切心意。）

「お手数」（感謝對方不介意自己造成麻煩。）

「お骨折り」（感謝對方為自己盡心盡力。）

「ご指導」（感謝對方的指導。）

■ 迎賓時

「お越しいただきありがとうございます」
（謝謝您的蒞臨。）

換句話說　「おいでいただきありがとうございます」（謝謝您大駕光臨。）

NG　「わざわざ来てもらってすいません」（不好意思讓你特地跑一趟。）

■ 送客時

「本日はありがとうございました」
（今天非常感謝您的光臨。）

更慎重的說法　「貴重なお話をお聞かせいただき、ありがとうございました」（謝謝您讓我聆聽您寶貴的意見。）

「有意義な時間をいただき、ありがとうございました」
（謝謝您讓我度過一段有意義的時間。）

NG　「今日はお疲れ様でした」（今天辛苦你了。）

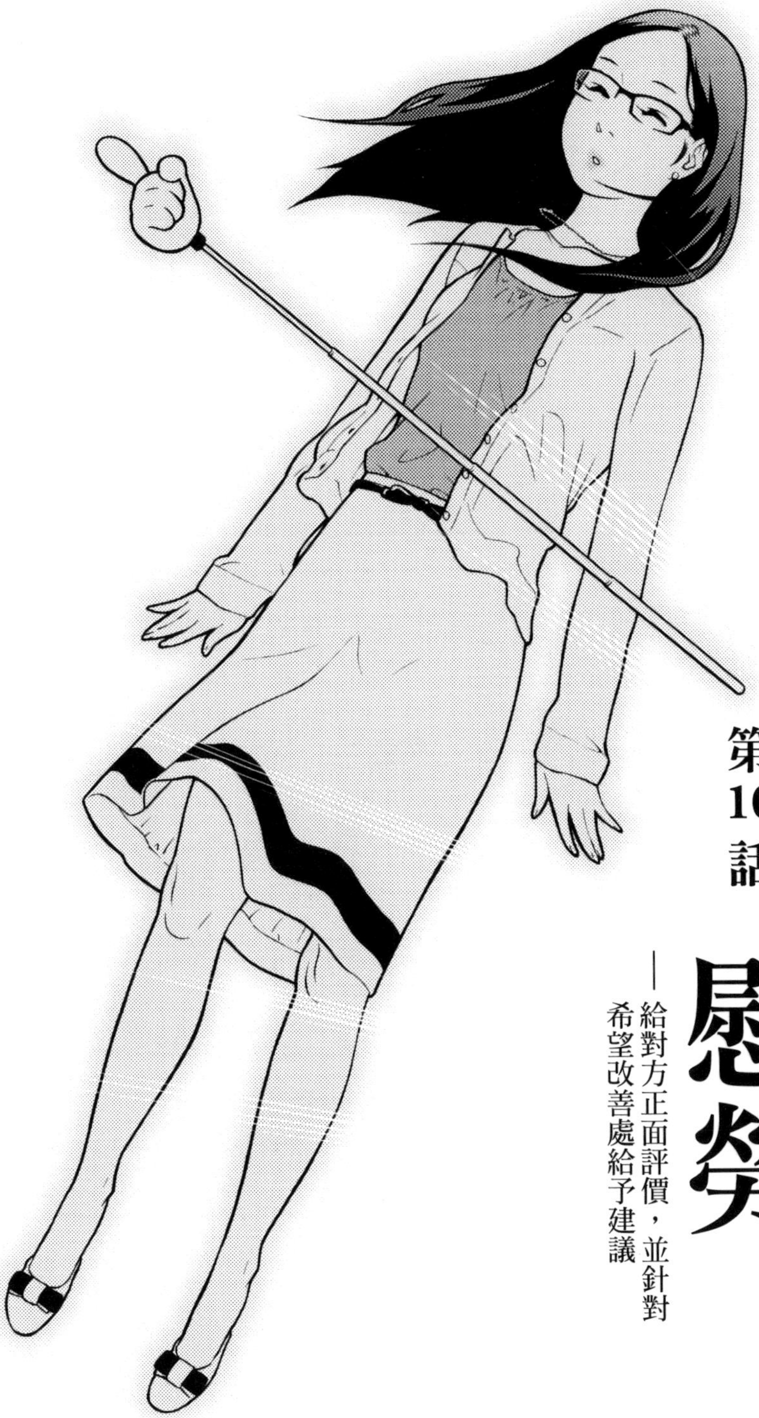

第10話

慰勞

——給對方正面評價，並針對希望改善處給予建議

不行，重做！弄得更簡單明瞭一點！
不行，不要偷工減料！重做！
不行！重做！
唉，看來今晚得睡公司了……
大家加油！打起精神來，否則趕不上明早的截止期限喔！
打瞌睡
呼啊……
……
打瞌睡
!!

好痛痛痛痛！
用力捏住
湯取，快・醒・醒！
用力
打起精神來！打起精神！
痛痛
……
痛痛
……這是給大家吃的點心。
喔喔，謝謝妳！
呃，課長……
新商品發表之前，真是累死人了！
咕嚕咕嚕
公關課也全留下來加班，到剛剛才走。
我覺得您總是大聲喝斥下屬，會讓下屬心情低落、工作意願降低。所以有時候也需要一些激勵的話語……

……我明白。我也很想好好慰勞一下正在努力完成工作的他們，
但是不知道該怎麼開口才好……
激勵的同時也想喝斥對方繼續努力。
這時候，只要將對方的問題點換句話說，以正面積極的方式指出即可！
換句話說？
沒錯，舉例來說——
○工作進度慢
↓仕事が丁寧（慎重）（工作細心．慎重）
○工作態度悠哉悠哉
↓余裕をもっている（游刃有餘）
○做事笨拙、不懂得訣竅
↓マイペース（做事有自己的一套）
○輕率冒失
↓行動が素早い（行動迅速）
○目光狹隘
↓集中力が高い（非常專心集中）
諸如此類
也就是，給對方個性正面的評價，同時針對你希望對方改善的地方給予建議。
妳工作總是非常細心。
若能加快速度就無懈可擊了。

笑
原來如此，不愧是櫻井，連取悅男人的方法都瞭若指掌。
這算是取悅男人的方法嗎？
不、不過，慰勞的話真是出乎意外地難呢！
有時候以為自己只是隨口說了一句「加油」，結果反而把對方逼入了絕境。
……請別用那麼奇怪的說法。
啊？
我是為了提升課長您的人望，才對您說這些的喔？
轟轟
轟轟
轟
對不起！
加油，你加油，你還可以繼續努力吧？你要再加把勁啊！更加努力，更加努力！
我得再努力一點才行……
沒錯。對於看起來已經很辛苦的人，向他說聲「ご苦労様（くろうさま）」（你辛苦了）或「お疲れ様（つかさま）」（您辛苦了），會比「がんばれ」（加油）更好。
貼臉
請他喝杯咖啡之類的，說不定更能傳達出慰勞對方的心意。
辛苦了！別把自己弄得太累喔！
課長……！
這張示意圖是怎樣……
報復我剛才說的話嗎？

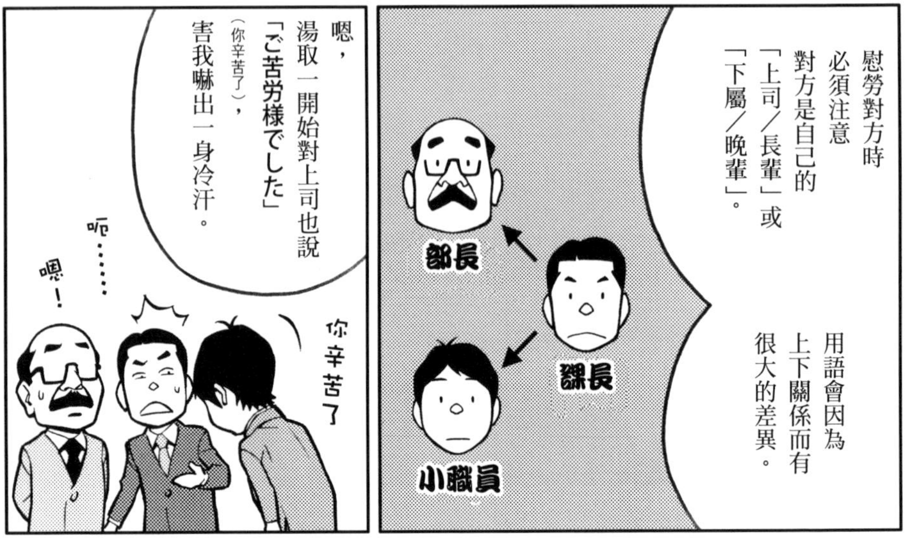
慰勞對方時必須注意對方是自己的「上司／長輩」或「下屬／晚輩」。
用語會因為上下關係而有很大的差異。
部長
課長
小職員
嗯，湯取一開始對上司也說「ご苦労様でした」（你辛苦了），害我嚇出一身冷汗。
你辛苦了
呃……
嗯！

「ご苦労様（でした）」基本上是上司想要慰勞下屬時所說的話。
お疲れ様でございました（您辛苦了）
部長
課長
小職員
ご苦労様でした（你辛苦了）
跟上司一起完成工作時，使用「お疲れ様でございました」（您辛苦了）才不會顯得不自然。

或者單純地使用「ありがとうございました」（謝謝）等等來表達感謝的心情，可以算是最安全的用法。
呼啊！呼啊！
謝、謝謝您。課長……
呼啊！
呼啊！
呼啊！呼啊！
平、平常都這麼累嗎……？
呼啊！
※指的是工作。
也就是說，配合工作環境的氣氛或彼此的關係，才是最好的，對吧？
好，等工作完成，好好地慰勞他們吧！
嗚——
眼睛好痠……
累死了
ZZZ
我還要趕末班車，我先走了！
先告辭了！
呼啊
唔嗯，您辛苦了！
好，OK！

啊啊啊～結束了……！
大家辛苦了！多虧大家的努力，總算趕上了！
我肚子早就餓扁了。
……我開動了
……
我不清楚大家的喜好，隨便買了一些回來，不嫌棄的話就吃吧！
喔喔！
課長……
嗯？怎麼啦？別客氣。
我等一下想先補個眠，所以能量飲料我就不喝了……
這樣啊，抱歉，我沒考慮到那麼多。
一大早就吃油膩膩的烤肉便當，好像有點……
我想說吃了會比較有力氣……
對不起，我沒帶換洗的衣服，所以我不敢吃咖哩烏龍麵……
抱歉……
早知道就不該做不習慣的事……
我一個人吃不完啦。

職場禮儀 #10「慰勞」的方法

配合職場氣氛習慣，改變慰勞用詞

在一部分商務禮儀的書中寫著對上司不可使用「ご苦労様です」，但「お疲れ様です」是OK的。其實這兩句話原本都是上司或長輩慰問下屬或晚輩的用語。

一起完成工作的情況先另當別論，請別忘了還有一些長輩對於聽到晚輩向自己說「お疲れ様」會感到不適應。對其他公司的人，只要用「ありがとうございました」或「失礼いたします」即可，不但聽起來自然也不至於失禮。

那麼在不習慣以「お疲れ様です」打招呼的職場上，在走廊上遇到長官時該怎麼辦呢？可以停下腳步、默默鞠躬就好。這樣就足以展示出你的禮貌了。

在習慣以「お疲れ様です」向上司打招呼的職場中，即使下屬這麼說應該也不構成問題。只要配合職場的氣氛，就不會顯得格格不入。

聽到上司慰勞自己時，要表示自己明白上司的期待

上司對自己說了「ご苦労様」或「お疲れ様」時，首先先表示感謝之意。

如果上司對你說「がんばっているね」（你很努力呢），你卻只用「はあ」（喔）或「どうも」（謝啦）回應，從上司的角度看來，會覺得沒有特地慰問你的價值。只要回答「ありがとうございます。ご期待に沿えるようにがんばります」（謝謝。我會努力回應您的期待），就能表示出「我明白您對我的期待」之意。

情境式「慰勞」參考佳句

■ 上司・長輩使用時

「お疲(つか)れさまでございます」（您辛苦了。）

■ 下屬・晚輩使用時

「ご苦労(くろう)様(さま)です」（你辛苦了。）

第11話

邀請

—讓對方想像現場的愉快氣氛，自然會答應邀約

祕書室
這位是第一社長祕書，荒澤小姐。
請多指教。
這位是今年謝恩會的負責人，湯取先生。
請、請多多指教。
那麼，首先先決定當天要邀請的客戶吧！
公關課已經列出平常有往來的幾家客戶了。請你配合那份表單……
……
湯取先生？
啊，對不起。

因為左右兩邊都有美女，所以你感到緊張嗎？
不，不是。
啊，當然那也有關係，不過……
呵呵，真可愛！
妳別戲弄他了。
湯取先生，不用擔心。
我知道你被交代這份重責大任，心裡很不安，
但是祕書室會全面支援你的，所以你就當自己搭上一艘大船，放一百個心吧！
好，
我知道了！

這樣我就放心了。雖然被交代一份重責大任，我壓力也很大，但其實是因為我不擅長邀請人，所以有點憂鬱……
我懂！我也是喜歡等人家邀自己，而非主動邀人的類型！
……
話題愈聊愈偏……
呃……邀請人的時候，最重要的是讓對方心情愉快，並產生「去看看也好」的想法。
首先，常使用的慣用句有——
「ご都合がよろしければ」（如果時間上允許的話）
「おさしつかえなければ」（如果您方便的話）
「お忙しいと思いますが」（我知道您很忙）
「皆様お誘い合わせの上」（歡迎您邀請大家共襄盛舉）
「ご足労いただけませんでしょうか」（可否勞煩您大駕光臨？）
「ご参加を心よりお待ちしております」（衷心期待您蒞臨參加）
「お越しいただければ光栄でございます」（您的光臨是我的榮幸）
我知道您很忙，
但是如果您可以來的話，人家會很高興的……
扭扭捏捏
害臊羞澀
我拚死也一定會過去！
重要的是邀請對方時，態度不要太過積極。
順便一提，常有人使用「万障お繰り合わせのうえ」（請務必撥冗參加），但是這句話很可能給人強制對方出席的印象，所以千萬要小心。
万障お繰り合わせのうえ（請務必撥冗參加）
＝
不管多忙、有多少阻礙，都請排除萬難來參加
呵呵
我認為使用這句話必須考慮自己和對方的關係，以及宴會的目的，並慎重地使用比較好。

加入希望對方前來的想法，同時顧慮到對方的面子和時間，這樣的邀請方法才能給人好印象。
原來如此……感覺的確就像妳所說的。
不可以喔！
有人特地邀請自己，最好要答應喔！
靠近
站在被人邀請的立場，如果對方可以問一下自己方不方便，的確會放心很多。老實說，大部分邀約，我都不是很想去……
我們去喝一杯吧！不准說不去！
今晚有我想看的動漫～
為了建構良好的人際關係，即使不是太開心的場合，也應該爽快答應才對！
既然參加了，就應該好好享受餐點及現場的氣氛，最後如果跟對方的關係能變好，不就萬事ＯＫ了嗎！
是，我知道了，對不起！
那個奇怪的貝類？
超好吃的啦！！
就跟你說吧？下次我帶你去吃難得一見的香菇！
順便一提，獲得別人邀請時——
○ご一緒させていただきます（請讓我一同參加）
○喜んでお供します（我很樂意與您同行）
○いまから楽しみです（我已經開始期待了）
○お相伴させていただきます（請讓我伴您一同出席）
例如上述句子，可以的話最好立刻回答。一旦露出猶豫的模樣，會讓邀請自己的人心生顧慮。

請問……想要詢問對方參加或不參加時，該怎麼問比較恰當？
像「××さん、明日はパーティーへ行かれますか？」（××先生／小姐，請問您明天會去宴會嗎？）這樣嗎？
嗯，那樣的說法很可能招致誤會。
加上「れる」、「られる」的敬語，是很容易造成誤解的用語之一。（※除了「尊敬」外，也有「能不能」的意思。）
「行く」的尊敬語的確是「行かれる」沒錯，但是那樣的說法，可以解釋成「您明天會去參加宴會嗎？」及「您明天能不能去參加宴會？」兩種意思。
明日はパーティーへ行かれますか？（您明天會去宴會嗎）
沒辦法去
不想去
我很想去，只不過……
我想打電玩……
雖然文法上沒錯，但是可以的話最好還是避免使用令人混淆的用法。
像這樣的情況，最好使用別語形式的尊敬語。
○行かれる（去）
⇐ いらっしゃる（蒞臨）
明日はパーティーへいらっしゃいますか？（您明天會蒞臨宴會嗎？）
《什麼是別語形式？》
☆將原本的詞句，換成其他尊敬語／謙讓語的形式
例
・「言われる」→「おっしゃる」（說話）
・「着られる」→「お召しになる」（穿衣）
（別語形式尊敬語的補充要點）
當某個詞句無法替換成別語形式時，可以換成「お~になる」這類添付形式的敬語，來傳達你真正的想法。
比如「お選びになる」（選擇）等等。

原來如此……我又學到東西了。
琴葉小姐何止是大船，感覺就跟航空母艦一樣呢！福特號航空母艦！
轟轟轟
呵呵呵，那什麼比喻啊！
順帶一提，以「飲みに行こう」（我們去喝一杯吧）邀請別人，聽起來似乎居心不良，所以用「食事に行こう」（我們去吃飯吧）邀請對方比較好，感覺很爽朗喔！
然後……
Toal
Toal
Toal
咦？
快點實踐所學！你快試著邀請我去吃飯！
COME ON！
……荒澤小姐，妳是不是該回去工作了？

嗯！出席率還不錯。
多虧琴葉小姐（妳們）幫我上了那堂課。
啊！
呃，那個……
嗯？
那個……
如、如果妳方便的話，
下次要不要一起去吃頓飯？順便討論一下宴會的事！
好啊！我們走吧！
荒澤小姐一定也會很開心！
啊……
咦，呃，對啊……
？
原來琴葉其實很遲鈍……

職場禮儀#11「邀請」的訣竅

邀請人時，讓對方想像現場的愉快氣氛
對方自然會欣然接受邀約

即使是新人也有可能被任命為公司尾牙或新年會的負責人，或者在公司主辦的宴會中擔任負責邀請客戶的工作。在這樣的情況下，每個人都希望自己可以順利邀請對方。大家最容易使用的是「ぜひお越しください」（請務必蒞臨）這句。「ぜひ」（務必）是極力邀請的用詞，因此對於不是那麼熟稔的對象，使用「よろしければ」（如果您方便的話）婉轉邀請才是上策。

另外，可以使用像「○○さんに来ていただいたら、みんなのテンションが上がると思います」（○○先生／小姐蒞臨，大家會玩得更開心）或「場が明るくなります」（場子會變得更熱絡）這類的描述，讓他想像參加後的畫面，對方應該也比較能欣然接受你的邀約。另外，只要加上「心待ちにしています」或（衷心等待您的蒞臨）「お会いするのが楽しみです」（我很期待可以見到您），聽話者對你的印象也會改變。

獲邀卻無法參加時，切記以下回應：
「道謝＋道歉、說明原因＋下次請再邀約我」

獲得某人邀請時，開口請先以「お誘いいただきありがとうございます」（謝謝您的邀請）道謝。之後若決定出席，請告訴邀請人「喜んで参加させていただきます」（可以參加是我的榮幸）。無法參加時，只要在道謝之後接著說「ぜひご一緒させていただきたいところですが、あいにくその日は○○で参加できません。またお誘いください」（我很想跟您一同出席，只可惜當天因為○○之故無法參加。下次有機會請您再找我），就能順利拒絕。

情境式「邀請」參考佳句

■ 邀請別人時的緩衝用語

「ご都合（つごう）がよろしければ」（如果時間上允許的話。）

「おさしつかえなければ」（如果您方便的話。）

「お忙（いそが）しいとは存（ぞん）じますが」（我知道您很忙。）

■ 有人邀自己去吃飯時

「ありがとうございます。喜（よろこ）んでお供（とも）します」
（謝謝。我很樂意與您同行。）

換句話說　「喜（よろこ）んでお供（とも）いたします」（我很樂意跟您一起用餐。）

NG「いいですね！」（好耶！）

■ 有人邀自己去吃飯，但要拒絕時

「あいにく、予定（よてい）がありまして」（很不巧，我正好有事。）

換句話說　「あいにく外（はず）せない用事（ようじ）が入（はい）っておりまして……」
（很不巧，我正好有事，走不開……）

NG「急に言われても無理ですよ」（你突然這麼說，我沒辦法啦！）

■ 用餐結束後，要向對方道謝時

「本日（ほんじつ）はご馳走（ちそう）になり、ありがとうございました」（今天非常感謝您招待我一頓豐盛的大餐。）

換句話說　「本日（ほんじつ）はたいへんご馳走（ちそう）になり、ありがとうございました。とても美味（おい）しかったです」
（今天非常感謝您讓我享用了一頓豐盛的佳餚。餐點很美味。）

NG「まあまあおいしかったですね」（還滿好吃的。）

第12話
招待／受人招待
——遵守酒席禮節，才能賓主盡歡

受到客戶的邀請
佐佐木
今日包場
～山田化學尾牙
～邀請TOAL
營業一課
的各位一同參加～
佐藤先生，你的啤酒杯都空了！
熱鬧滾滾
咦──真的嗎？
山田化學裡，理科型的男生還真不少呢～
啊哈哈哈
為什麼我一個祕書也被找來了……呢？
我覺得自己好像來錯地方了……
是鬼瓦專務指名要找妳的。因為妳是專務最中意的人嘛！
再說，營業一課裡面不懂禮節的年輕人很多，
妳在的話，應該會比較有幫助。
竊竊私語
原來如此，如果是那樣的話，我就明白了。

妳看！才剛說完，那邊似乎需要妳的幫助了。
不用客氣，儘管喝！
哎呀，竟然用單手……
山田化學 專務
鬼瓦剛
包在我身上！
站起
拜託妳了
雙腳發麻
！
跌坐
啊嗯……
!!
哎呀！
山田化學 社長
山田壽仁亞
啊啊！真、真是抱歉！
我腳麻了……
有沒有弄髒您的衣服？
啊，不會，沒沒沒關係。
實在太失態了……
恍惚
真的非常抱歉，能不能借您的肩膀扶一下……
湯取老弟，你會不會打高爾夫？
不會……
麻將呢？
我不懂麻將的規則……
這樣啊……
……
……
好想回家……

哎呀，您的酒杯都空了，我幫您斟酒吧！
好不容易，總算到了。
喔喔，櫻井！
得救了。
雙腳發麻

我等妳等了很久耶～
來，請用。
咕嚕嚕嚕嚕
根據酒的種類不同，倒法和接酒方法也不一樣喔！

啤酒

倒酒時酒瓶稍微拿高一點
瓶身標籤朝上，不要蓋住了！

☆一開始先倒到酒杯的三分之一，再一邊確認泡沫多寡一邊倒酒。盡量倒成「啤酒7」對「泡沫3」的程度！

☆看到對方酒杯空了，記得詢問對方「我幫您斟酒吧」。

日本酒

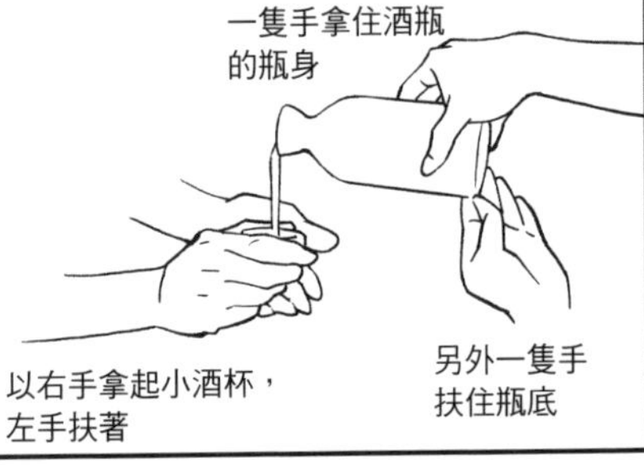
一隻手拿住酒瓶的瓶身
以右手拿起小酒杯，左手扶著
另外一隻手扶住瓶底

☆一開始先一點一點倒酒，逐漸增加倒出的量，最後再一點一點倒酒。

☆如果是加熱過的酒，可以拿酒瓶凹陷的頸部部分，或是用布巾墊在瓶底也無妨。

☆接酒的時候請務必使用小酒杯。

葡萄酒

拿著酒瓶時不要蓋住瓶身標籤
倒酒和接酒時，酒杯都放在桌上

☆倒酒時，一般都倒到酒杯三分之一左右。（※但也因酒杯而異）

☆人家幫自己斟酒後，別忘了說聲「謝謝」。

☆為了避免口紅沾到酒杯，女性請先以面紙按掉口紅。

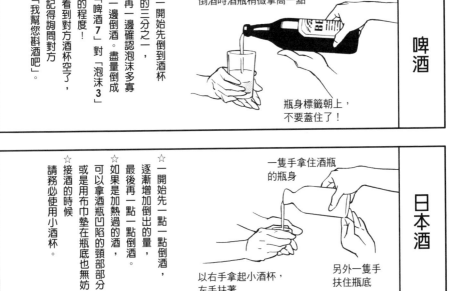

我知道櫻井妳很會喝。
請您手下留情喔。
不敢當。
咕嚕咕嚕
請您別灌我太多酒喔～
勸酒時最常用的話就是「どうぞ！」（請喝！），但是被人家勸酒時則用——
「ありがとうございます」（謝謝）
「恐れ入ります」（謝謝）
無底洞
謝謝！
拒絕時——
「不調法でして」※（我不擅飲酒）
「充分いただきました」（我已經喝夠多了）
湯取老弟，你有喝嗎？
蓋住
我已經喝夠多了。
可以用這些句子回答。
※不調法：不擅長喝酒或表演才藝等等。
我聽說鬼瓦專務您是這家店的常客，是嗎？
您真內行，真不愧是熟知美食的老饕！
這家店的菜真是好吃極了！
如果聚餐的餐廳是對方介紹的，首先重要的是先稱讚餐廳。
好比「さすが××さんのお勧めだけあって、いいお店です」（不愧是××先生／小姐您推薦的，這家店實在太棒了）或「一度このお店に来てみたいと思っていたんですよ」（我早就想來這家餐廳）等等，
光是提及選擇餐廳的事情，就能為對方做足面子。
妳也覺得吧？這家店真的很好吃！
來，妳也吃點火鍋。

另外，如果是裝潢漂亮的店，就說——
「いい雰囲気の～」
（氣氛極佳的……）
如果是日式菜餚之類口味不錯的店，就說——
「小粋な～」
（好別緻的……）
若是一般大眾化的居酒屋，就說——
「にぎやかで楽しそうな～」
（氣氛熱鬧，好像很好玩……）
配合不同店家給人的印象，使用不同的話語稱讚才是重點。
原來如此。
哈呼哈呼
哇哈哈哈哈！山田社長，您的興趣還真是特別啊！
哇哈哈
沒有啦，真不好意思！
似乎有很多人黃湯下肚後，聲音也會變大。
在店裡面，為了不讓對方丟臉，也要好好注意自己的一舉一動。
喔喔?!
咕嚕咕嚕
不管喝幾杯，還是面不改色……
端正姿勢，表情沉穩。

呼啊~真好喝！
而最重要的是，招待的那一方與被招待的另一方，雙方都能賓主盡歡。
不錯嘛！跟妳喝酒，就是痛快！
樂在其中的氣氛自然而然可以傳達給對方，並且讓更多人感受到你快樂的心情。
不擅長這種熱鬧場合的人，請試著面帶笑容樂在其中。
湯取老弟，你不要淨顧著吃，你也喝幾杯！
不，我已經喝夠多了……
別囉嗦！
喝！
饒了我吧~
喂喂！

最後的重點是結帳。如果是獲邀參加的一方，請說——
今日のところはわが社の顔を立てさせてください！（今天請給敝公司一點面子，讓我們付吧！）
邀請人的一方，請說——
いやいや、お誘いしたのはこちらですから！（不不，是我們邀請各位來參加的，當然是我們付！）
有的國家認為邀請的一方支付費用是常識，也有的職場堅持各付各的。
跳躍
真好吃——
我們付……
不不，我們付……
請記得考慮對方的文化和彼此的關係，圓滑地完成結帳。
做法帥氣的人，會若無其事地結完帳，不讓對方發現——
!!
原來如此！
先抄起來吧！
嗯？
她喝醉就會變活潑，並露出喜歡欺負人的表情……
這也要趕快抄起來。
所~以~說~你到底在抄什麼啦？
好色喔~
啊哈哈，你在抄什麼啊？你是認真的嗎？
戳
?!
好痛，別捏我啦……
樂在其中也要適可而止喔……

職場禮儀 #12「招待・受人招待」的禮節

聚餐場合由年輕員工率先服務別人，務必讓出席者心情愉悅

在聚餐或其他場合中，處於招待上司或其他公司來賓的立場時，請記得年輕員工應該要是最活躍的一群人。

雖說如此，但並非要大家以談話炒熱場面。而是藉著「眼觀四面、察言觀色、關懷照料」這三項讓出席者感到心情愉悅，才是年輕員工的要務。

隨時注意酒菜是否分配給了所有人，或者擦手巾、碟子和酒杯夠不夠。也要注意上菜速度，酒不夠時立刻加點，有人杯子空了就立刻斟酒。

坐在上司旁邊時，徹底扮演聆聽的角色

有時候或許會有跟有些陌生的上司或客戶並肩而坐，卻因為沒有共通話題而不知道聊什麼的情況。

這種時候，記得別硬要自己開口找話題聊。最好的方式是傾聽對方說話。並且適度地回應或提出問題，同時貫徹聽眾的角色。若能讓對方心情愉悅地暢所欲言，是最值得嘉賞的表現。

即使接受招待，也應遵守酒席禮節，切莫盡興過頭，得意忘形

即使在新進員工歡迎會之類的聚會中，站在受招待的立場，當然也必須遵守酒席上的禮節。面對上司或長輩，永遠不要忘了上述的三項要點。切莫盡興過頭，務必遵守節度。

為了避免破壞歡樂的氣氛，選擇開心或有品的話題也是一種禮貌。

情境式「招待／受人招待」參考佳句

■ 詢問別人要點什麼飲料時

「お飲み物は何がよろしいでしょうか？」
（請問您想喝什麼飲料呢？）

NG「飲み物は何がいいですか？」（你要點什麼飲料？）

■ 有人來勸酒，但想婉拒時

「不調法ですのでお茶をいただきます」
（我不擅長喝酒，所以喝茶就好。）

換句話說 **「不調法なので雰囲気だけ楽しませていただきます」**
（我不擅長喝酒，所以請讓我享受一下氣氛就好。）

NG「お酒飲めないのでいいです」（我不會喝酒，所以不用了。）

■ 人家勸自己用餐時

「はい、いただきます」（謝謝，我開動了。）

NG「はい、食べます」（好，我吃。）

■ 婉拒再來一碗時

「充分いただきました。ご馳走様でした」
（我已經享用了夠多的美食。感謝您的招待。）

NG「いいえ、結構です」（不用，夠了。）

第13話
謙遜
——過度謙遜反而失禮，
虛心接受讚美更能留下好印象

社長找我？
嗯，上次你擔任謝恩會負責人，活動辦得很不錯！社長說他想跟你道謝。
所以問你能不能一起共進午餐。
我、我不行啦！
放心！這頓飯由社長請客，你可以不用擔心。
社長很健談，所以你只要找個適當的時機回應一下就好。
不是那個問題……
我不太擅長跟身分地位高的人一對一相處……
除了因為我會緊張之外，我不喜歡自己變得太卑微……

你這樣不行喔！你應該更積極一點才可以！
對不起……
看起來謙虛並不是一件壞事。
「卑微」的確不好，但只要改成「謙遜」就好啦！
把卑微改成謙遜？
兩者有什麼不同？
謙遜
謙遜是指以客氣謹慎的態度做人處事。
不不，跟○○先生比起來，我只能算是個後生晚輩。
卑微
反正我只是個三流大學出來的跑腿小弟……
謙遜不同於卑微，將自己評價得較低下，是為了提高對方的地位。

懂嗎？舉例來說，
皆さんのご指導／お力添えのおかげです
（這全要感謝各位的指導・鼎力相助）。
おそれ多いことでございます
（真是不敢當）。
不會、不會。
哪裡、哪裡。
這些雖然是最老套的謙遜慣用句，但是可以用在被人稱讚或感謝時等等的各種場面。
還有，
○身に余る（擔當不起）
○もったいない（可惜）
お言葉です（的讚美。）
可以記住這些用法，讓你的回答多一點變化。
還有，如果老是使用同一句話回答，想讓自己顯得態度謙遜的效果會逐漸消失，因此……
「××さんの厳しいご指導がなければ、今の私はありません」
（如果沒有××先生／小姐的嚴格指導，就沒有現在的我）。
「お言葉に恥じないようがんばります」
（為了不辜負您的稱讚，我會好好加油的）。
紅腫刺痛。
妳變強了呢！
能有現在的我，全多虧師父在練習時的嚴格指導！
除了要好好記住慣用句之外，也需要順應對象及狀況改變表達的方式。
原來如此……這樣聽起來，的確比較有正面的感覺呢！我會改正的！

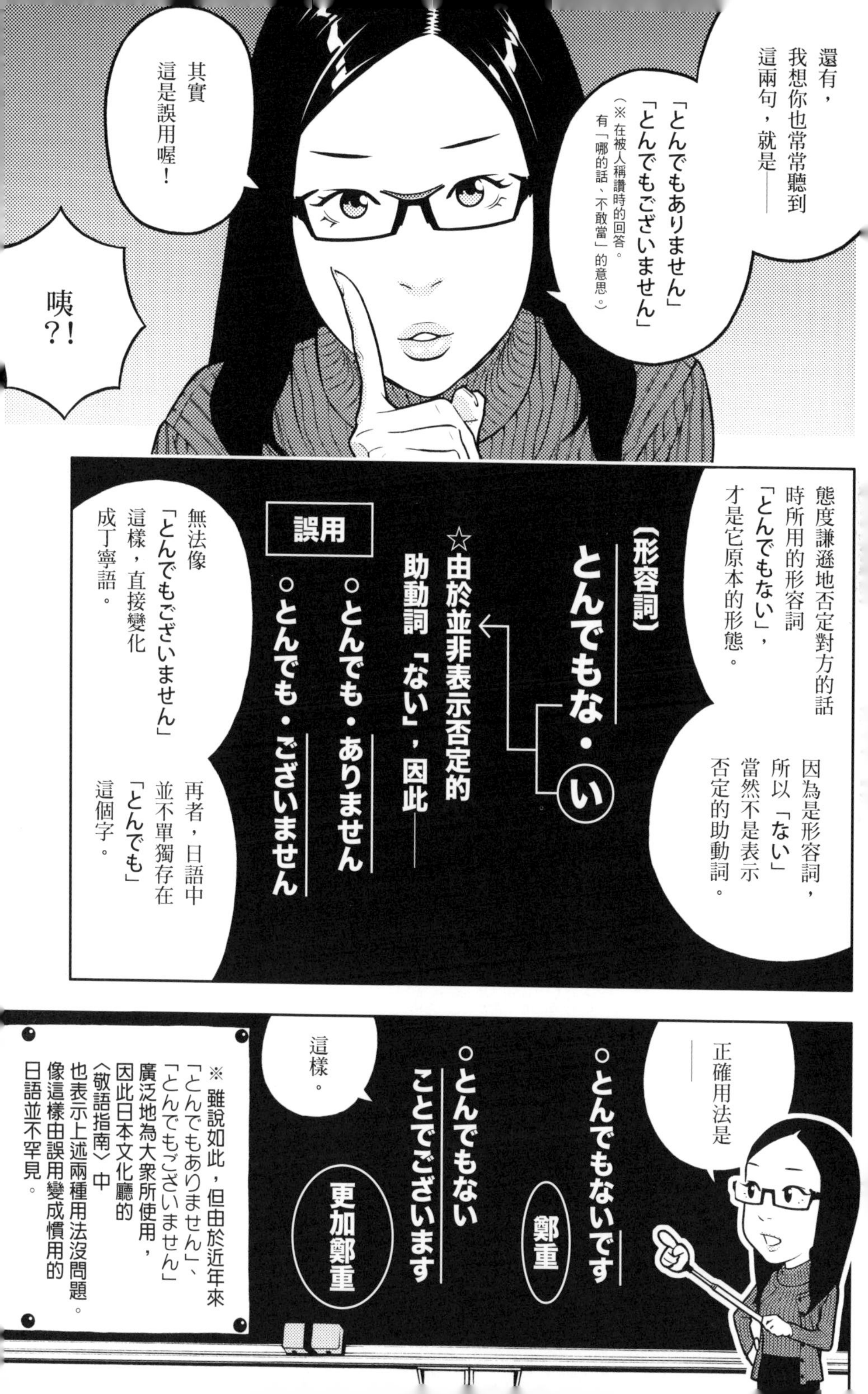

還有，我想你也常常聽到這兩句，就是——
「とんでもありません」「とんでもございません」
（※在被人稱讚時的回答。有「哪的話、不敢當」的意思。）
其實這是誤用喔！
咦?!
態度謙遜地否定對方的話時所用的形容詞「とんでもない」，才是它原本的形態。
〈形容詞〉
とんでもな・い
因為是形容詞，所以「ない」當然不是表示否定的助動詞。
☆由於並非表示否定的助動詞「ない」，因此——
誤用
○とんでも・ありません
○とんでも・ございません
無法像「とんでもございません」這樣，直接變化成丁寧語。
再者，日語中並不單獨存在「とんでも」這個字。
正確用法是——
○とんでもないです
鄭重
○とんでもないことでございます
更加鄭重
這樣。
※雖說如此，但由於近年來「とんでもありません」、「とんでもございません」廣泛地為大衆所使用，因此日本文化廳的〈敬語指南〉中也表示上述兩種用法沒問題。像這樣由誤用變成慣用的日語並不罕見。

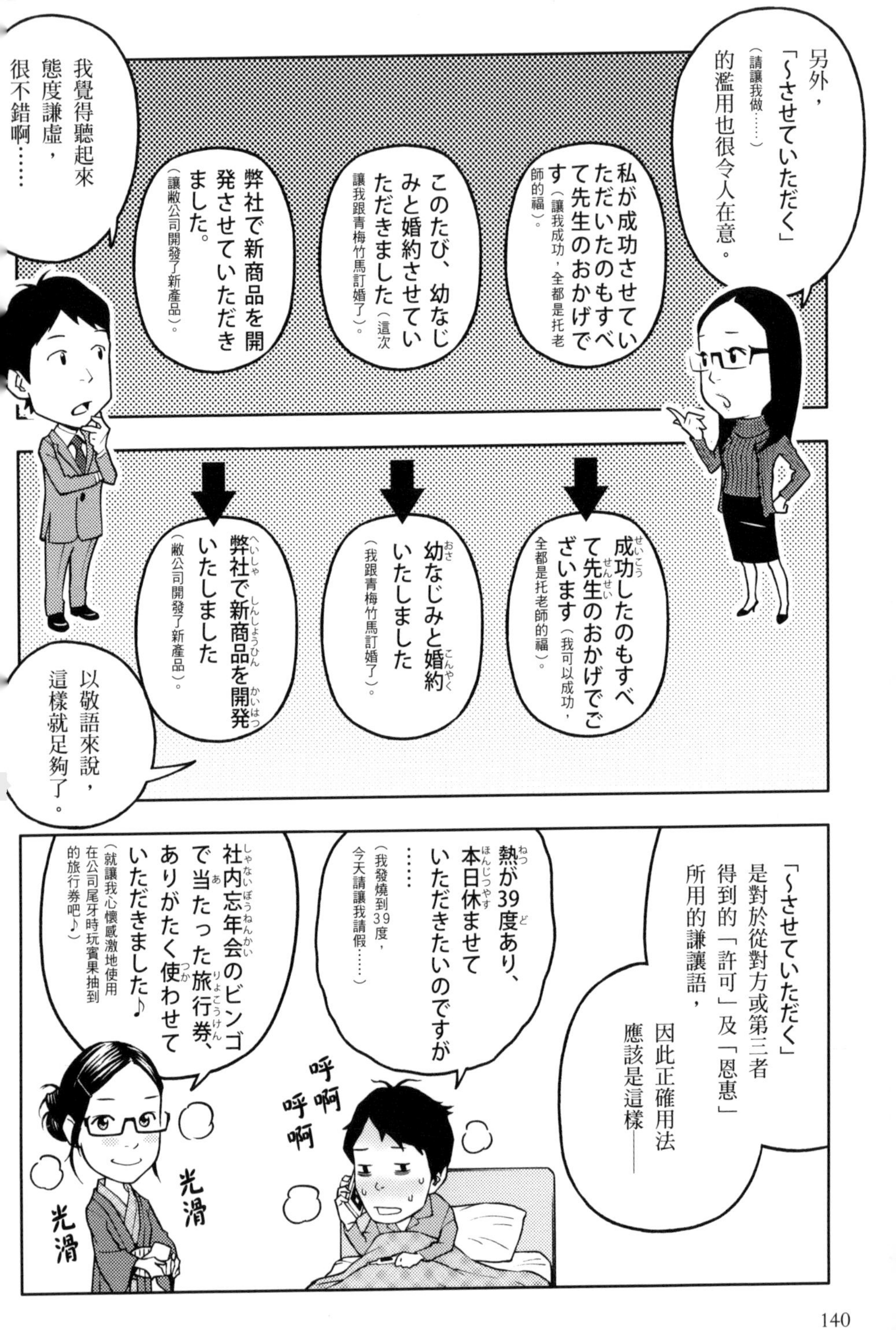
另外，「～させていただく」（請讓我做……）的濫用也很令人在意。
私が成功させていただいたのもすべて先生のおかげです（讓我成功，全都是托老師的福）。
このたび、幼なじみと婚約させていただきました（這次讓我跟青梅竹馬訂婚了）。
弊社で新商品を開発させていただきました。（讓敝公司開發了新產品）。
我覺得聽起來態度謙虛，很不錯啊……
成功したのもすべて先生のおかげでございます（我可以成功，全都是托老師的福）。
幼なじみと婚約いたしました（我跟青梅竹馬訂婚了）。
弊社で新商品を開発いたしました（敝公司開發了新產品）。
以敬語來說，這樣就足夠了。
「～させていただく」是對於從對方或第三者得到的「許可」及「恩惠」所用的謙讓語，
因此正確用法應該是這樣——
熱が39度あり、本日休ませていただきたいのですが……（我發燒到39度，今天請讓我請假……）
呼啊 呼啊
社内忘年会のビンゴで当たった旅行券、ありがたく使わせていただきました♪（就讓我心懷感激地使用在公司尾牙時玩賓果抽到的旅行券吧♪）
光滑 光滑

謙遜過度也會給對方不舒服的感覺，所以要注意喔！
最有禮貌的做法，就是表現出謙遜的態度，並老實地接受人家給你的評價。
我還不成氣候。
你太謙遜了。
不不，我還是個乳臭未乾的小子。
沒那回事。
不，我真的是個一無是處的人……
就跟你說……
個性消極負面的人，容易給自己過低的評價，
但是他人對自己的評價，其實沒有你自己想的那麼差喔！
記得，即使態度謙遜，也不要貶低了自己的價值！
是……！
幾天後

聽說你跟社長共進午餐了？
你沒出什麼差錯吧？
多虧了琴葉小姐，我才能順利吃完那頓飯，沒出差錯！
那，社長請你吃了什麼？
中國菜？義大利菜？還是鰻魚飯？
呵呵呵……是我擔當不起的鮪魚肚！
什麼！你們去社長經常光顧的「大江戶十兵衛」嗎?!
我覺得其實大家都滿看好你的吧？
咦？
光是慰勞負責人而已，社長就讓你吃了一人要價兩萬圓的壽司，不是嗎？
鮪魚肚的
重量
也就是說社長想告訴你，要你更加努力、不要辜負他的期待啊！
……不！
壓力
百倍～
我實在是不敢當啊……

職場禮儀 #13「謙遜」的技巧

以謙遜的態度虛心接受讚美，才是成熟大人應有的對應

日本人從以前就有重視謙虛態度的傾向。以「這是我做的」自賣自誇的人不受人喜歡。當上司稱讚你「幹得不錯」時，若回答「這是我熬夜做出來的成果」，有可能被解讀為你想以工作態度邀功。這種情況下謙遜地回應，才能被認為是成熟的社會人士。獲得上司或長輩讚美時，以「ありがとうございます。お言葉を励みに精進します」（謝謝。我會以您的讚美激勵自己繼續精進的）回應，表現出虛心接受讚美的態度才是成熟的大人應有的對應。

也可如「〇〇さんに褒めていただいて、本当に嬉しいです」（承蒙〇〇先生／小姐您的讚美，我真的很開心）或「〇〇さんのお言葉だからこそ、励みになります」（〇〇先生／小姐的讚美，是我最大的鼓勵）一般，給讚美自己的人做足面子，對方應該也會覺得「讚美你真是太好了」吧。

過度謙遜反而會失禮，坦率接受讚美，更能給對方留下好印象

另外希望大家注意的是過度謙遜。謙遜過頭反而會使對方感到困惑。好比「這企劃真有趣呢」、「其實也沒那麼有趣啦」，或是「你報告得很好」、「沒有啦，我準備得不周到」，偶爾會有些人一一否定對方所說的話，但是若超過限度，反而會讓對方產生自己意見不被接受的感覺。即使你沒什麼自信的事情卻獲得他人的稱讚，也應該坦率地回答「褒めていただいて嬉しいです。ありがとうございます」（很高興獲得您的讚美，謝謝）才能留下好印象。

情境式「謙遜」參考佳句

■ 謙遜慣用句

「皆さんのご指導のおかげです」（多虧各位的指導。）

「お力添えのおかげです」（多虧您的鼎力相助。）

「おそれ多いことでございます」（您的讚美，我不敢當。）

「身に余るお言葉です」（您的讚美，我擔當不起。）

「もったいないお言葉です」（您如此讚美我，有點不敢當。）

■ 獲得長輩或上司稱讚時

「お言葉に恥じないようにいたします」
（我會努力不辜負您的讚美。）

這句也OK **「ありがとうございます。○○さんのご指導の賜物です」**
（謝謝。這全都要感謝○○先生／小姐（對方）的指導。）

NG 「とんでもございません」（哪兒的話。）

第14話

反駁

—反駁不是吵架，備好替代方案，增加說服力

今天午餐吃什麼好呢~
昨天吃了蕎麥麵，所以……
決定了！就去「吉田餐廳」吧！
漢堡肉、炸牡蠣、蛋包飯、奶汁燉菜、選・哪・個・好・呢……
這樣根本就毫無進展！
!!
你才是咧！頑固的臭小子！
眼鏡、眼鏡！
哼！

嘖……不像話！
眼鏡、眼鏡！
嗯？
會議室
C
他對之前企劃會議上，開發課提出的商品企劃書有意見。他說希望可以修正內容，改成能符合客戶需求的東西。
但是他說的，卻幾乎完全沒有反映在修正案上……
那混帳！
他是企劃開發二課的山本課長吧？
我跟那小子認識很久了，算是競爭對手吧……
只不過他好像只把我們這些業務當成跑腿小弟。
討厭的傢伙！
大學時代
哎呀……

不過……這樣不行喔。關係再熟悉，也要注意禮儀。
特別是反駁意見，或是希望對方聽取自己的主張時，更是不能感情用事。
唔……
在商務場合上意氣用事，只會讓原本談好的事情功虧一簣；除了自己之外，更重要的是千萬不能讓對手的情緒上來。
NG!
即使心裡覺得很火大也一樣，首先只要考慮如何讓事情圓滿落幕就好。
為此，反駁對方的意見時，更需要細心注意。
おっしゃることは理解できます（您說的，我可以理解）。
確かに××の点ではそうかもしれません（在××那點上面，或許正如您所說的）。
先表示你明白對方的意見，這些話可以緩和之後反駁的印象。
Be Cool
當然囉！
不分青紅皂白地否定，只會讓雙方爭執不下。考慮一下對方的狀況，然後再進行交涉。

因為對方失誤而給自己帶來麻煩的情況也一樣。
向對方表示自己的不滿時，若表達方式太過直接，很可能對以後的雙方關係造成裂痕。
話が違う！（跟原本說的不一樣！）
大損害だ！（你害我們損失慘重！）
戸惑っております（我們有些疑惑）
お約束と違うようですが（似乎跟原本的約定不同）
大変困惑している次第でございます（讓我們深感困惑）
わかりかねる点もございます（有些不明白的地方）
承服しかねております（難以接受）
可以使用上述這些句子，婉轉地表達抗議之意。
還有，想要給對方意見時，活用「DESC法」也深具效果。
書桌大砲？
※音同「DESC法」
咻
轟
接招吧！書桌大砲！
Describe：描述
Explain：說明
Specify：鎖定
Choose：選擇
這就是DESC法。

D
描述
針對問題狀況或對方的行動進行客觀性的描述
關於營業方針，我們先前已經討論過三次了。
E
說明
說明自己主觀的想法
今天是第四次會議，我希望今天可以得到共識。
S
鎖定
提出具體的解決對策
我想首先先實行您提出的方針，如果沒有更好的成果，就執行本課的方針，這個提案，您意下如何？
C
選擇
最後催促對方選擇
如果您可以接受我提出的方案，那我們便立刻著手安排。若您無法接受的話，能否請您告訴我替代的方案呢？
銳利
重要的是在D的階段，不可以加入主觀的想法，只能描述雙方都能接受的客觀性事實。
之後再描述主觀看法時，即使反駁對方的意見，也比較不容易產生嫌隙才對。
原來如此……那我馬上實踐看看吧！

最後，如果雙方各持己見、議論不休時，有些絕對不可以說出口的話。
そんなこと言った覚えはない！（我不記得自己曾說過那種話！）
黙って聞いて！（安靜聽我說！）
解釈の違い！（雙方的理解不一樣！）
哇啊
皆そう言っている！（大家都那麼說啊！）
哇啊
這些話每一句都跟小孩子吵架一樣。
絕對不能說出這些任性獨斷的話。
也是……老大不小的人還說這些話，太難看了。
正所謂「太過激動的話就輸了」。
請保持頭腦冷靜，懷抱著熱情，貫徹自己的主張！
好！我先讓腦袋冷靜一下，再去跟他交涉看看！
Toal

……
關……關於修正企劃書一事，在我們雙方都無法取得共識下，一直拖到現在，但是我今天來是希望您可以了解一下我們的想法……
因此，我們準備了替代方案，能不能請您跟原本的提案比較看看？
如果您可以接受的話，就請您以新方案來修正企劃書。如果您無法接受的話，就請貴部門準備替代方案，您意下如何？
哼！好吧！
不過，瓜間你做人處事也變圓滑了嘛。沒想到你竟然會對我用敬語說話……咯咯咯！
這種優越感真棒！
唔……
癱軟
無力
……我也真行，咬牙忍住了……
表現得非常好！

您說的，我可以理解。在××那點上面，或許正如您所說的。
當然囉！

職場禮儀 #14「反駁」的技巧

反駁不是吵架，更不是要攻擊對方 先準備好替代方案，才能增加說服力

工作中當然也有跟上司意見不一致的情況發生。但是若太過直言不諱地表達自己的意見，很可能種下衝突的種子。

諸如「我覺得那個點子不怎麼樣」或「水準會不會太低了一點？」等等，若以太過激烈的措辭直接說出腦袋裡的想法，毋庸置疑會點燃對方的怒火。

反駁和吵架是不同的。反駁的目的在於提出不同於某個意見的見解，藉以接近正確的結論。攻擊對方、強迫對方遵從自己的意見，並非反駁的目的。

應該先接受對方的意見及行動後，再如「這樣的點子，您意下如何」或「嘗試這樣的做法，您覺得呢？」這樣，提出替代方案，才不會引發衝突。

何況在缺乏替代方案的情況下便提出反駁，對方應該也無法接受。情緒化地表示「那樣太奇怪了」或「我不喜歡」，對方也聽不進去你的意見。有了替代方案，才能增加說服力。

自己遭人反駁時亦同，對方只是對你的意見進行反駁而已。切莫解讀成自己的人格也遭到否定並流於情緒化。

對方情緒激動時，配合他的說話節奏 再逐漸引導對方冷靜下來繼續討論

雙方討論中，當對方情緒愈發激動時，最有效的方法正是調整節奏。先配合對方說話的速度、聲調及用字遣詞，再逐漸引導對方走上自己的節奏，對方自然而然也會冷靜下來繼續討論。

情境式「反駁」參考佳句

■ 在會議上提問時

「質問してもよろしいでしょうか？」（我可以發問嗎？）

NG「質問なんですけど」（我有疑問。）

■ 反駁時的緩衝用語

「お考えはごもっともだと思います」
（您的想法非常有道理。）

「おっしゃることは理解できます」（我可以理解您所說的。）

■ 請求對方說明時

「○○についてもう少し詳しく教えていただけますか？」（關於○○，可否請您解說的更詳細一點？）

換句話說 **「○○について詳しくご説明いただけませんか？」**
（關於○○，可否請您詳細說明呢？）

NG「もっとわかりやすく言ってください」（請說得更簡單明瞭一點。）

■ 提出反對意見

「○○という見方はできませんか？」
（請問○○是否可行？）

更禮貌的說法 **「○○という見方もできると思うのですが、いかがでしょうか？」**（我認為○○也可行，您意下如何？）

NG「それは違うと思います」（我覺得你說的不對。）

第15話

提到「自己人」

——依據不同情況下我方與對方的關係，改變用語

湯取先生，這位是社長夫人。
我叫光子。平日承蒙你多方照顧外子。
很……很高興認識您，我隸屬營業部，敝姓湯取。
你就是湯取先生啊！常聽聞你的傳聞……
傳聞？
呃，請問……找我有什麼事嗎？
夫人今天過來，是要陪同社長一起參加山田化學舉辦的新年會。
因為還有一點時間，夫人希望我介紹營業部眾所期待的新人給她認識。
抱歉百忙之中打擾你。

前陣子我聽外子說了你的事之後，我覺得你是個非常有前途的年輕人，
所以想見你一面。
您您您那麼說……是我的榮幸……
這、這麼說來，上次共進午餐時，社長也曾講過太太是位美女（奥さんは美人なのだと社長も言ってました），果真如此呢！
哎呀哎呀，你嘴巴真甜！
真是的！要用「奥様（おくさま）」（夫人）才對，不可以用「奥さん」（太太）。
還有要說「社長もおっしゃっていました」（社長曾提過）。
談話時，即使提及的人物不在現場，也該使用敬語！
是、我知道了！夫人，我太失禮了，萬分抱歉！
呵呵呵，沒關係，你別介意。
……但是，那樣的情況下，說話時該抬高哪位的身分才對？
社長？夫人？
真是個好問題！
閃亮

該如何表達不在現場的人，尤其是自己公司的同仁──
Toal
Toal
因為有點複雜，所以我一邊對照敬語的基本，一邊向你說明喔。
基本？
哎呀哎呀，似乎要開始說什麼了，真令人期待。
呵呵呵！
現在，敬語分為五種類。
直接抬高對方身分的情況，就如我們先前說明過的一樣……
1. 尊敬語（「いらっしゃる・おっしゃる」型）
2. 謙譲語Ⅰ（「伺う・申し上げる」型）
3. 謙譲語Ⅱ（丁重語）（「参る・申す」型）
4. 丁寧語（「です・ます」型）
5. 美化語（「お酒・お料理」型）
※出自文化廳〈敬語指南〉。
嗯？謙讓語有兩種耶？
根據文化廳的定義，「關於自己向對方或第三者進行之行為／事物，屬於提高行為歸屬人物者」歸類為【謙讓語Ⅰ】。
「慎重客氣地向談話或文章對象描述自己的行為／事物」則歸類為【謙讓語Ⅱ】。
唉，聽不懂也是應該的……

打個比方來說，就是這樣——
明日御社にお伺いします（明天前去貴公司拜訪）。
謙讓語 I
抬高對方或第三者的身分
A先生或B先生本人
弊社の瓜間がBさんに申し上げました（敝公司的瓜間要我向B先生說）。
對方（其他公司）
自己
弊社の瓜間がBさんを存じ上げているそうです（敝公司的瓜間知道B先生）。
重點是抬高「挨拶に行く」（拜訪）「言う」（說）「知っている」（知道）的對象。
明日出張で大阪へ参ります（我明天要去大阪出差）。
謙讓語 II
降低我方的身分
弊社の瓜間は問題ないと申しております（敝公司的瓜間說沒問題）。
對方（其他公司）
自己
弊社の瓜間がその件については存じております（敝公司的瓜間知道那件事）。
這是只抬高聽話者身分的用法。
※謙讓語 II 有「おる」、「まいる」、「存じる」、「申す」、「いたす」等。
也就是根據行為的對象區分使用嗎？
沒錯。
那麼進入正題……談話之中，出現不在現場的人物，這種情況該怎麼辦呢？
向其他公司的人表示同仁的行為時，正如剛剛所說的一樣，基本上都使用謙讓語。
向公司內外人士表示其他公司人員的行為時，則使用尊敬語。
自己人的行為
「先日弊社の瓜間が申し上げましたとおり」（正如前幾天敝公司的瓜間提到的）
(謙讓語)
外人的行為
「先日御社のBさんがおっしゃったとおり」（正如前幾天貴公司的B先生提到的）
(尊敬語)

即使進行行為的人是上司，也要降低我方（自己公司）的身分，以尊敬說話對象（其他公司）喔。
夫人所言甚是。
……奇怪？照這樣說的話，剛才的「社長が申しておりました」（社長曾說過）應該是正確用法吧？
只不過你錯了，敬語可沒那麼簡單！
你錯了！
對公司同仁的家人說話時，彼此之間的關係會改變！
聽話者（對方）的家人（對方側），也是你該表示敬意的對象，這點你知道吧？
公司同仁的情況也一樣，對方側＝該表示敬意的對象。
那當然。
呵呵呵
上司
家人
因此，「社長がおっしゃっていました」（社長曾提過）才是正確的。
上司和長輩無庸置疑是要尊敬的對象，而對同事／下屬的家人說話時，也要抬高同事或下屬的身分，這是基本的禮貌。
請加上敬稱「先生」（さん）吧！
湯取さんから後ほど掛け直されるそうでございます……（湯、湯取先生說他稍後會回電給您）。
唔…
竊笑

我方和對方的定義很曖昧模糊耶……
沒錯，所謂的「我方和對方」會根據彼此之間的關係而改變。
呵呵呵，日語還真難呢！
另外，最重要的是敬稱。
湯取先生稱呼社長夫人「奧さん」（太太）當然是錯誤的。
是……
稱呼對方太太為「奥様」（夫人），信件中還有客氣的表達方式，提高等級使用「ご令室（れいしつ）」（尊夫人）。
「父」↓「お父様」↓「ご尊父様」
「母」↓「お母様」↓「ご母堂様」
「夫」↓「ご主人」↓「ご主人様」
「妻」↓「奥様」↓「ご令室」
「親戚」↓「ご親戚」↓「ご親族」
「会社」↓「御社」／「貴社」
「名前」↓「お名前」↓「ご芳名」
唔嗯，寫信的話，還有時間可以思考，但談話的瞬間要判斷表示敬意的對象，還真是困難耶……
關於那點，我只能說習慣成自然。
湯取先生，萬事都要靠經驗喔。
你現在還年輕，還會經歷很多失敗，但是相對的，你只要記取失敗的經驗並加以學習就好了。
是，我會加油的！

Toal
Toal
啊～累死了！
好！很久沒喝了，今晚去喝一杯吧！
好耶！
咦？可是課長你不是因為年底喝太多，夫人暫時禁止你喝酒嗎……
沒關係啦！怕太太的話，哪有辦法繼續當上班族！
走囉！
響
謝謝您的來電……啊，謝謝您平時的照顧。瓜間課長嗎？他今晚會先去喝一杯再回家……
課長，夫人打來的電話。
!!
喀嚓
……你們也看到了，大家辛苦了……
課長……您辛苦了……
課長 > 夫人
快抄起來，

職場禮儀 #15 表達「自己人」的方式

依據自己公司和其他公司區分使用敬稱，對社外的人提到上司，名字後不加敬稱

一般來說在公司內稱呼上司「△△課長」或「□□部長」，但對公司外部的人則應該以「課長の△△」或「弊社の□□」表達。這時候，名字後面不加上敬稱「さん」。在洽談生意等場合中，上司坐在鄰座的情況下，或許有人會感到迷惘，不知是否該對上司使用敬語，但這時候請記得只要尊敬洽談生意的對象就好。

×「課長がおっしゃいました（課長說）」
○「課長が申しました（課長說）」
×「課長はご存じです（課長知道）」
○「課長も存じております（課長知道）」

不過，這並不意味在公司之外對自己公司同仁說話時可以不使用敬語。當你轉身跟課長說話時，還是要使用敬語。

當來賓問「社長はいらっしゃいますか？」（社長在嗎？）時，回答「いいえ、外出していらっしゃいます」（不，他外出了。）也是錯誤的。請回答「あいにく外出しております」（不巧他正好外出了）。此外，稱呼自己公司時應用「弊社」、「小社」或「当社」，稱呼對方公司則用「貴社」、「御社」。

對外人提到自己家人時，請用：「家父」、「家母」、「外子」、「內人」

最近提到自己父母親時，使用「親」（父母）、「父親」（我爸）或「母親」（我媽）的人增加了，然而「両親」（雙親）、「父」（家父）及「母」（家母）才是社會人士最恰當的表達方式。「うちの旦那」（我丈夫）或「うちの嫁」（我老婆）也給人不正式的印象，在正式場合中請使用「夫」（外子）或「妻」（內人）。

情境式「提到『自己人』時參考佳句

■ 其他公司的人來電

「瓜間(うりま)は席(せき)を外(はず)しております」（瓜間現在不在位子上。）

■ 公司同仁家人的來電

「瓜間(うりま)課長(かちょう)は席(せき)を外(はず)していらっしゃいます」

（瓜間課長現在不在位子上。）

■ 置換為正式用語

普通語	正式場合的用語
会社（かいしゃ）	弊社（へいしゃ）、小社（しょうしゃ）
店（みせ）	弊店（へいてん）、小店（しょうてん）
銀行（ぎんこう）	弊行（へいこう）、当行（とうこう）
家（いえ）	拙宅（せったく）、小宅（しょうたく）
場所（ばしょ）・地域（ちいき）	当地（とうち）、当方（とうほう）
物品（ぶっぴん）	寸志（すんし）、薄謝（はくしゃ）、粗品（そしな）
意見（いけん）	私見（しけん）、卑見（ひけん）
手紙（てがみ）	拙文（せつぶん）、拙書（せっしょ）
著書（ちょしょ）	拙著（せっちょ）
お茶（おちゃ）	粗茶（そちゃ）
品物（しなもの）	粗品（そしな）
作品（さくひん）	拙作（せっさく）
原稿（げんこう）	拙稿（せっこう）
職業（しょくぎょう）	小職（しょうしょく）

第16話

理解

——確認對方的理解程度時，務必注意用詞，避免讓對方不快

那麼，湯取你可以開始報告了。
會議室
C
……噗哧！
有什麼好笑的？你在開玩笑嗎?!
不是……
但是，琴葉小姐，
妳沒有必要模仿瓜間課長吧……
是。
你提出的企劃，已經連續三次無法通過課內審查了，哭著來求我陪你練習報告的人，可是你自己喔？

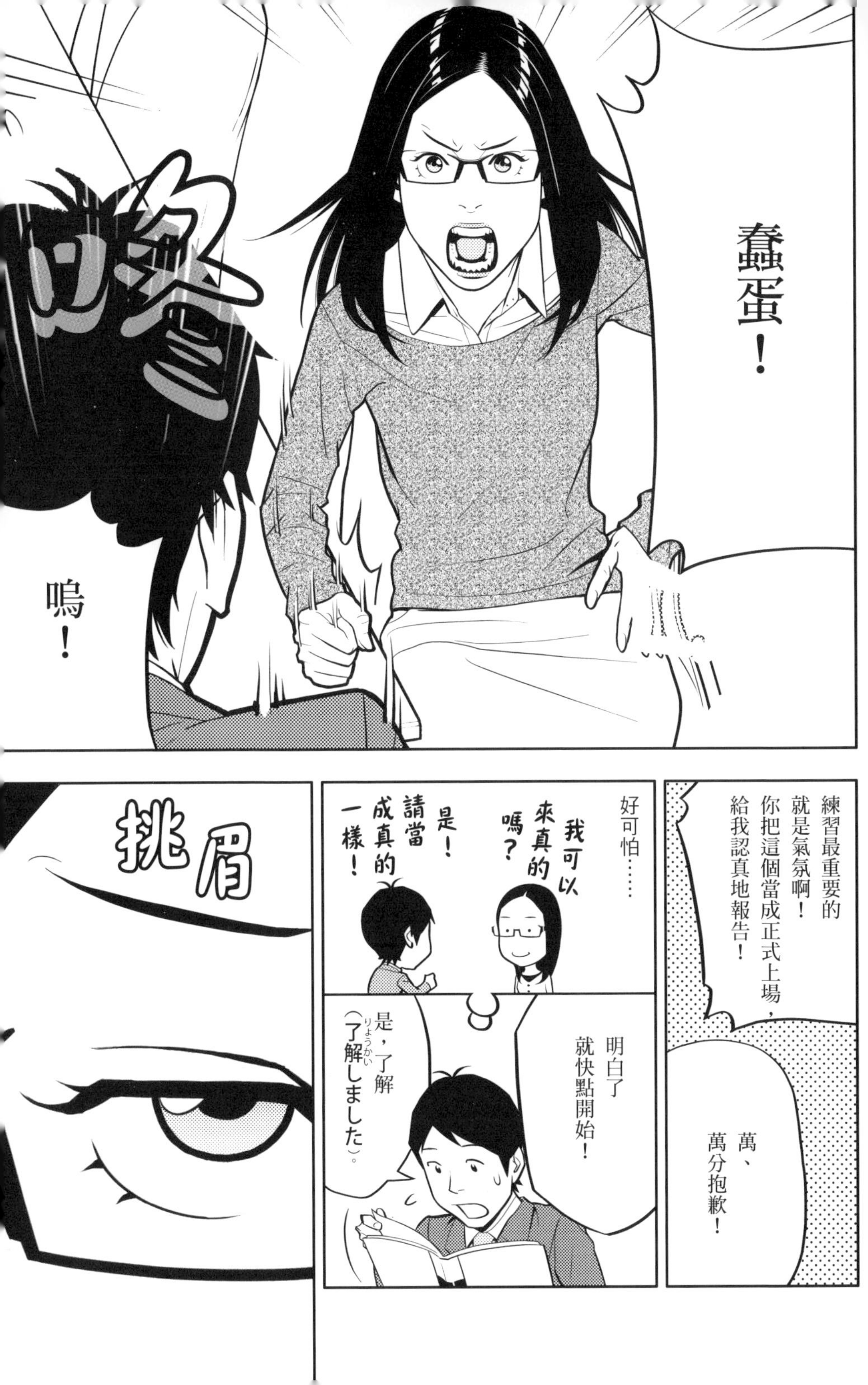

蠢蛋！
咚
嗚！
練習最重要的
就是氣氛啊！
你把這個當成正式上場，
給我認真地報告！
萬、
萬分抱歉！
好可怕……
我可以來真的嗎？
是！請當成真的一樣！
明白了
就快點開始！
是，了解
（了解しました）。
挑眉

噗——！
……咦？
「承知(しょうち)いたしました」（我明白了）才對。
「了解しました」（了解）是錯誤的喔！
雖然無線電或回答命令時，常用「了解しました」，但在一般職業中使用，會被取笑喔。
咦？啊，是。
恢、恢復了。
「了解です」就其他意思來說，則是「根本不足以一提」。那種用法稱為「デス族」。
デス族？（※音同喜好死亡金屬樂風的人。）

就是指隨意將「です」取代原本應該使用「ます」、「ました」的地方。
感謝です（感謝）
注目です（矚目）
到着です（抵達）
感激です（感激）
「ないです」也時有所聞，不過那也屬於「デス族」的用法。請記得使用適當的表達方式。
請問妳有沒有面紙……？
持ち合わせておりません（不好意思，很可惜我身上正好沒有。）
原來如此，我又學到東西了。
太好了，變回平常的琴葉小姐了。
那麼，重振一下精神。
嚴格
湯取，下個月其他公司也預定推出不好應付的同類商品跟我們競爭……你應該知道吧？
存じ上げております（我、我知道。）
暫停！噗噗——！
咦咦？
依照現在對話的走向，使用「存じ上げております」是錯誤的。
它雖然是「知る」的謙讓語，但是敬意的方向是朝著「承受自己行為的對象」。
也就是說，你對「其他公司的商品」表現了敬意。
存じ上げております（我知道。）
光栄です（這是我的榮幸。）
對商品……

如果是值得你表示敬意的人，使用「存じ上げる」當然沒問題，但是這種情況下「存じております」才是最恰當的。
意思幾乎一樣，但是「存じ上げる」屬於謙讓語Ⅰ，「存じております（存じる）」則屬於對聽者表示敬意的謙讓語Ⅱ※。
似乎有不少人誤以為「存じ上げる」是提高「存じる」慎重程度的表達方式。
咦？那不是跟「存じ上げる」一樣嗎？
「存じ上げております」
會長
他是位偉大的人。
「存じております」
吉祥物
我女兒很喜歡他。
※請參照151頁。
好，繼續。
嚴格
是、是！
……我們希望可以像上述的一樣繼續進行……
嗯，構想還不差。
呼！
呃——那麼我的說明就到此為止，おわかりになりましたか？
（請問您聽懂了嗎？）
……你剛才說了什麼？
咦？

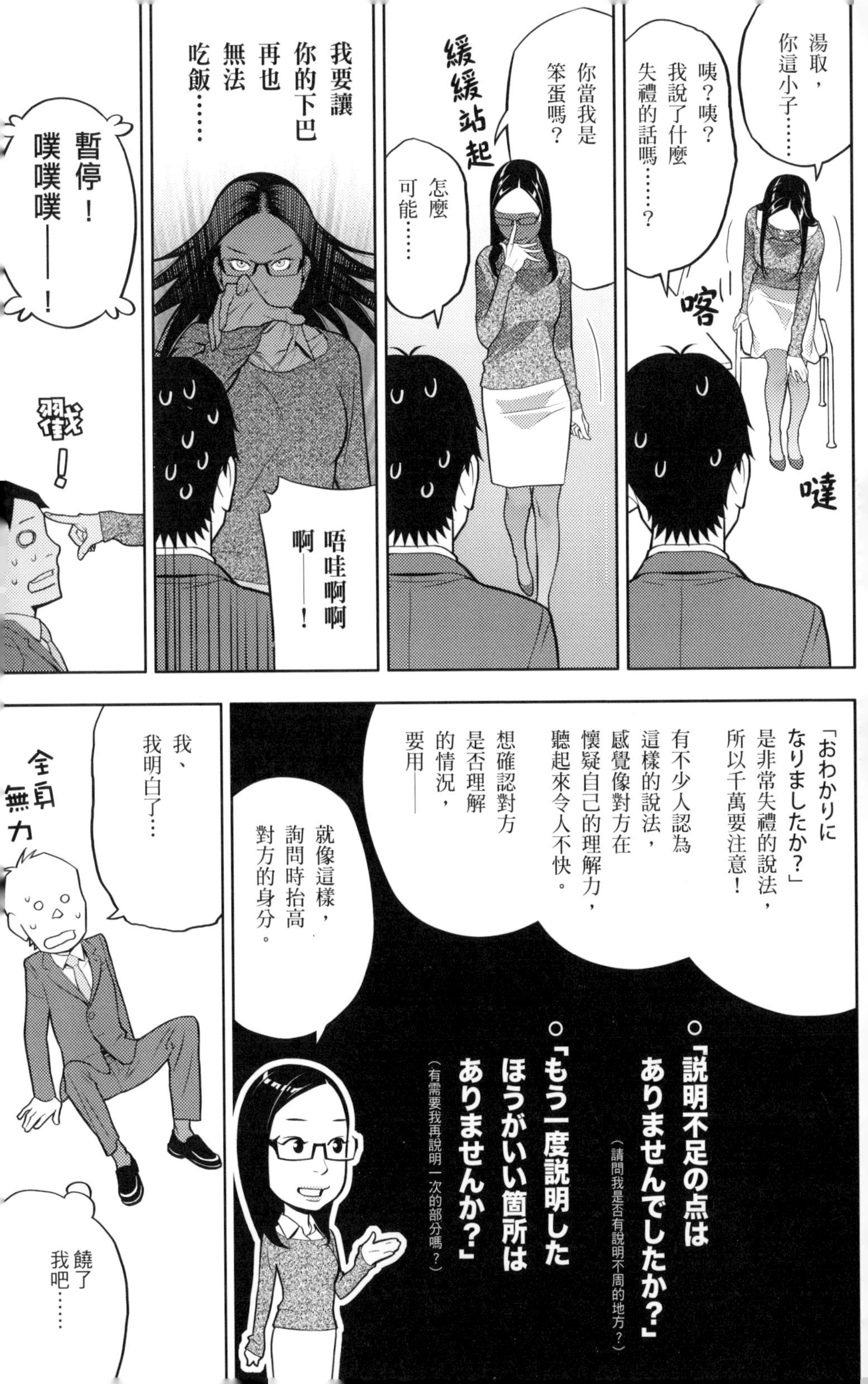

湯取，你這小子……
喀
噠
咦？咦？我說了什麼失禮的話嗎……？
你當我是笨蛋嗎？
緩緩站起
怎麼可能……
我要讓你的下巴再也無法吃飯……
唔哇啊啊啊——！
暫停！噗噗噗——！
戳！
「おわかりになりましたか？」是非常失禮的說法，所以千萬要注意！
有不少人認為這樣的說法，感覺像對方在懷疑自己的理解力，聽起來令人不快。
想確認對方是否理解的情況，要用——
○「説明不足の点はありませんでしたか？」
（請問我是否有說明不周的地方？）
○「もう一度説明したほうがいい箇所はありませんか？」
（有需要我再說明一次的部分嗎？）
就像這樣，詢問時抬高對方的身分。
我、我明白了……
全身無力
饒了我吧……

於是……
會議室 C
……上述的說明，有沒有不周到的地方？
……我不懂。
請問是哪個部分？
不是，我不懂的是……
平常對我報告時總是顯得坐立不安的你，為什麼這次可以表現得這麼冷靜沉著……
……！
難道琴葉小姐，
你剛才說了什麼？啊？
是為了鍛鍊我，才故意那麼嚴格……
不過，企劃內容並不差，你就朝那個方向進行吧！
是，謝謝課長！
原來如此啊！琴葉小姐……！
托妳的福，企劃通過了！
社長室
打瞌睡
打瞌睡

職場禮儀 #16「理解」的表達

想確認對方是否理解時要注意用詞，避免讓對方丟臉的問法

有些人進入公司經過一段時日後，將會出現說明自家公司商品或報告自己企劃的機會。上臺報告時為了確認對方是否理解內容，會詢問對方「わからない点はありませんか？」（有沒有不明白的地方？），但其實根據詢問方法不同，很可能給人失禮的印象。

「わかりましたか?」（聽懂了嗎?）、「私の言っていることわかります?」（你明白我在說什麼嗎?）及「おわかりいただけましたか?」（您可以明白嗎?），這些都是很失禮的問法。很容易不小心給人懷疑對方理解能力的印象。

正如琴葉介紹過的一樣，使用「説明不足の点はございませんでしたか？」（請問我是否有說明不周的點？），採取向對方請教自己問題所在的態度，也能給對方做足面子。給對方面子，是避免讓對方丟臉的考量。人們信賴給自己面子的人。透過給對方做足面子，可以更容易跟對方建立起信賴關係。

想告知對方自己理解時，只須重複一次對方的話即可

有些情況則是要聽上司或客戶負責人進行解說。這時候清楚表達出自己理解談話內容，也是獲得信賴的要點之一。

只回答「是」，對方很容易產生「你真的聽懂了嗎？」的懷疑。最理想的方式是重複一次對方說過的話。「複印二十份，對嗎？」只要重複一次，就能讓對方知道你已理解，對方也能因此感到放心。

情境式「理解」參考佳句

■ 想告知對方自己理解時

「承知いたしました」（我明白了。）

換句話説　**「かしこまりました」**（知道了，遵命。）

NG「了解しました」（我了解。）

NG「了解です」（了解。）

■ 想請對方看資料的時候

「お渡しした資料をご覧いただけますか？」
（先前交給您的資料，能否請您看看？）

更慎重的説法　**「お手元の資料をご覧いただけますでしょうか？」**
（可以請您看看手邊的資料嗎？）

NG「渡した資料を見てもらえますか？」
（可以請你看一下我給你的資料嗎？）

■ 跟對方確認的時候

「説明不足の点はありませんでしょうか？」
（有沒有我説明不周到的部分？）

換句話説　**「言葉の足りない箇所はございませんでしょうか？」**
（可以請您看看手邊的資料嗎？）

NG「おわかりになりましたか？」（您聽懂了嗎？）

NG「ご理解いただけましたか？」（您可以理解嗎？）

第17話
接待來賓
——謹記自己是公司代表，隨時面帶微笑

略顯緊張的湯取，
現在正準備迎接
對本公司而言
非常重要的客戶，
他當然希望能夠
好好接待對方不要出差錯，
但是……
淅
瀝
……我自己
接待他們，
真的沒問題嗎？
沒問題！
你要有自信！
嘩
啦
來來，
請往這邊走。
打
開
青木先生、小林先生，
這是我們營業部的湯取。
湯取，我幫你介紹，
這位是ＥＧ商事的
青木先生；這位是……
敝姓小林。

那、那麼，就讓我為兩位帶路。
啊，在那之前，我先為兩位保管雨傘，結構（けっこう）ですか？（可以嗎？）
!!
哎呀哎呀，立刻就出現了NG用法。「結構ですか？」在指導手冊敬語中也時有所聞，是奇怪的表達方式之一。
本來「結構」（可以、足夠、不錯）是在向對方表達自己的評價或判斷時所使用的。
こちらの色になりますが、結構ですか？（您選的是這個顏色，可以嗎？）
在詢問對方的意思時使用，聽起來有些格格不入。
這種情況下使用「よろしいでしょうか？」（方便嗎？）、「いかがでしょうか？」（您意下如何？）就足夠了。
傘（かさ）をお預（あず）かりしますが、いかがでしょうか？（我為您保管雨傘，您意下如何？）
啊，那就拜託妳了。
好痛好痛！

天氣預報說今晚會下雪喔。
拜託饒了我們吧！
擔任來賓嚮導時需要注意的重點之一就是電梯。
帶著來賓搭乘電梯時，自己先進入電梯內操作電梯開關，看起來比較客氣有禮，對嗎？
我先失禮了……
答案是NO！
咦?!
擔任來賓嚮導時，應該先按住門外按鍵避免電梯門關閉，讓來賓先進入電梯內，才能算是商場禮儀。
請小心您的腳步。
另外，在電梯內的席次，下座當然是操作電梯按鍵的位置。
請記得讓來賓站在內側的上座。
①
②
④
③
操作按鍵

先記住
接待蒞臨公司的來賓時
可用的慣用句，
會比較方便。
首先先說——
「いらっしゃいませ」
（歡迎光臨。）
「こちらでございます」
（請往這邊走。）
「どうぞお入りください」
（這邊請進。）
進入房間後——
「お召し物をお預かりいたします」
（我幫您保管您的外套）。
「お部屋の温度はいかがでしょうか？」
（房間的溫度還可以嗎？）
「担当がまいりますので少々お待ちくださいませ」
（負責人立刻過來，請您稍候）。
接著立刻
為來賓遞上茶水。
「お茶をお持ちいたしました」
（我為您端了一杯茶過來）。
「ただいまお茶をお持ちいたします」
（我現在就去為您端杯茶）。
一邊遞上茶水，一邊說
「失礼いたします」
（失禮了）。
從左側上茶的時候，
記得說——
こちらから失礼します
（我從這邊上茶，失禮了）。
叩

最後，無論如何——
「うちの誰にご用ですか?」（請問你找誰？）
「どういうご用件ですか?」（你的來意是？）
都不可使用這種冒昧失禮的方式詢問來賓。
×「うちの誰にご用ですか?」
⇩「弊社の担当者の名前をうけたまわります」（向您請教一下敝公司負責人的名字）
⇩「どの者を呼んでまいりましょうか?」（我應該幫您叫誰過來呢？）
×「どういうご用件ですか?」
⇩「よろしければご用件をうけたまわります」（方便的話，向您請教您今日蒞臨有何指教。）
各位可以先模擬並想像一下自己是被帶路的人，只要小心避免出現令人不快的情形，應該很快就能表現得更好。

今天非常感謝兩位百忙之中撥冗蒞臨。
今後也請多多指教——
……非常抱歉，他們兩位是很重要的客戶，可是我卻失敗了……
不要緊！你的誠意已經傳達給他們了。
拍
嗯，一開始我真的捏了把冷汗，不過你表現得很不錯。
湯取先生，我覺得你可以更有自信一點喔。
而且你最近變得穩重多了，已經可以獨當一面了呢。課長，您說對不對？

獨當一面？開什麼玩笑！
湯取只能獨當半面的半面，我看他充其量只能獨當四分之一面啦！
尤其是他不夠幽默！
想要突破對方的心防，幽默感是不可或缺的。
唔……
唔……
不過那個部分，我之後再慢慢傳授他。
話雖然這麼說，但課長所謂的幽默也只不過是冷笑話……
……是的，機會難得，您願意指導我如何擁有幽默感
結構です（非常好）。
……結構ケッコー
コケコッコー（咕咕咕咕咕）
（※ケッコー是雞啼叫的聲音「結構」的日文發音與雞的啼叫聲類似）。
……
……
不錯嘛你……
你很有天分！
不敢當。
發抖
好、好冷……今晚說不定會積雪吧……

職場禮儀 #17「接待來賓」的禮節

為來賓帶路，記得自己是公司的代表
請抬頭挺胸並面帶微笑

為來賓帶路是非常重要的工作。對來賓而言，前來招呼自己的職員給人的印象，就等於公司整體的印象。過去也曾有過因為一名新進職員的失禮應對，使公司整體喪失信用的事情發生。事前有預約的來賓，首先先以「○○様でいらっしゃいますか」（請問您是○○先生／小姐嗎？）確認。之後再說「お待ちしておりました、ご案内いたします」（我正在恭候您的光臨，我來為您帶路）引導來賓。

為來賓介紹時或許會緊張，但請記得抬頭挺胸並配合來賓的腳步，引導來賓前往會客地點。開門時，自己先打開門再讓來賓入內是基本禮儀。

之後，只要面帶笑容為來賓介紹就算及格！不需要笑容滿面，只要微笑的程度即可。也沒必要硬找話題跟來賓聊天，但是面無表情的話，會給人心不甘情不願的印象，因此請揚起嘴角給人好感吧。

自己也是代表公司形象的人員之一
率先向來賓問候，給對方留下好印象

訪問其他公司時，聽到走廊上擦身而過的人對自己打招呼時說著「您好」，心情想必很好。對於那家企業的印象也會跟著水漲船高才對。

只要在公司內，自己就是代表公司形象的一份子。即使周圍的人沒打招呼，自己率先向來賓問候，便能給來賓留下好印象及安心的感覺。如果在走廊上、電梯裡，或是洗手間內看見其他公司的人，請務必試著面帶笑容跟對方打招呼。

情境式「接待來賓」參考佳句

■ 向對方確認時

「よろしいでしょうか?」（正確無誤嗎？）

NG「よろしかったでしょうか？」（○○對嗎？）

■ 遞交物品給對方時

「こちらが○○です」（這是○○。）

「こちらが○○でございます」（這是○○。）

NG「○○になっております」（這會變成○○。）

■ 詢問對方姓名時

「お名前（なまえ）をお聞（き）かせ願（ねが）えますか?」
（能否請教貴姓大名？）

NG「お名前（なまえ）頂戴（ちょうだい）できますか？」（可以給我你的名字嗎？）

■ 詢問電話號碼時

「お電話番号（でんわばんごう）をお聞（き）かせ願（ねが）えますか?」
（我可以請問您的電話號碼嗎？）

「お教（おし）えいただけますか?」（方便告訴我您的電話號碼嗎？）

NG「お電話番号（でんわばんごう）をいただけますか？」（可以給我你的電話號碼嗎？）

第18話

悼念

——參加儀式時避免長時間交談，態度莊重肅穆

今天湯取先生負責的客戶家人不幸過世，一行人前來參加喪禮……
霧丘殯儀館
湯取，你應該知道喪禮的禮儀吧？
不，我沒什麼自信……
這也難怪。你是第一次參加客戶的喪禮吧？

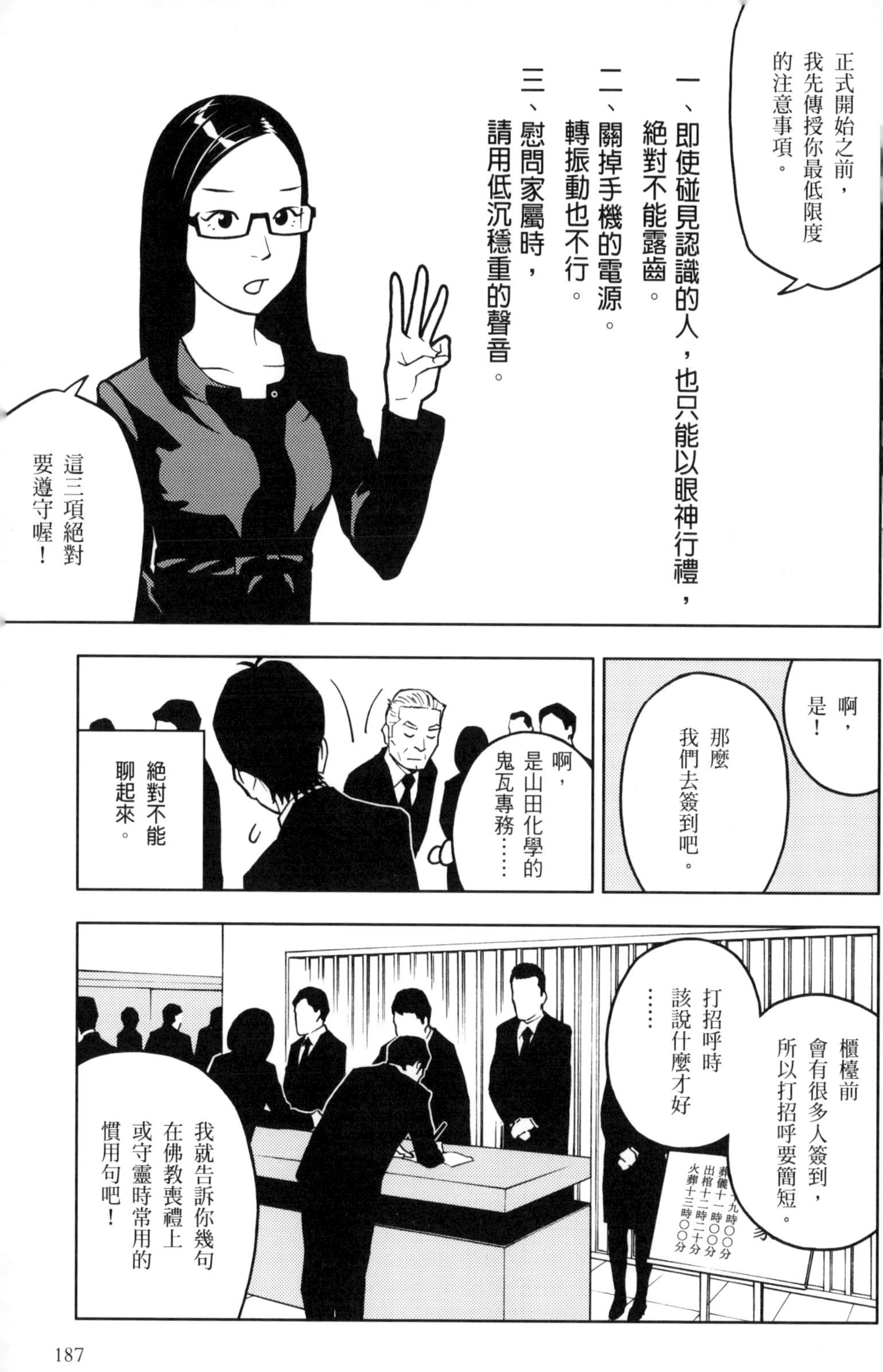
正式開始之前，我先傳授你最低限度的注意事項。
一、即使碰見認識的人，也只能以眼神行禮，絕對不能露齒。
二、關掉手機的電源。轉振動也不行。
三、慰問家屬時，請用低沉穩重的聲音。
這三項絕對要遵守喔！
啊，是！
那麼我們去簽到吧。
啊，是山田化學的鬼瓦專務……
絕對不能聊起來。
櫃檯前會有很多人簽到，所以打招呼要簡短。
打招呼時該說什麼才好……
葬儀十一時〇〇分
出棺十二時二十分
火葬十三時〇〇分
我就告訴你幾句在佛教喪禮上或守靈時常用的慣用句吧！

○「このたびは誠にご愁傷さまでございます」
（誠心向您致意，敬請節哀順變。）
○「あまりに突然のことでなんと申し上げてよいのか言葉が見つかりません」
（事出突然，我不知道該怎麼說才能表達我的哀痛。）
○「ご心中お察しいたします」
（我能理解您的傷痛。）
請直率地表達出你悼念故人的心情。
啊，對了。琴葉小姐，白包該什麼時候給呢？
白包在簽到之後……
御佛前
股份有限
湯取
……
唉……
咦？
……湯取先生，我說你啊……

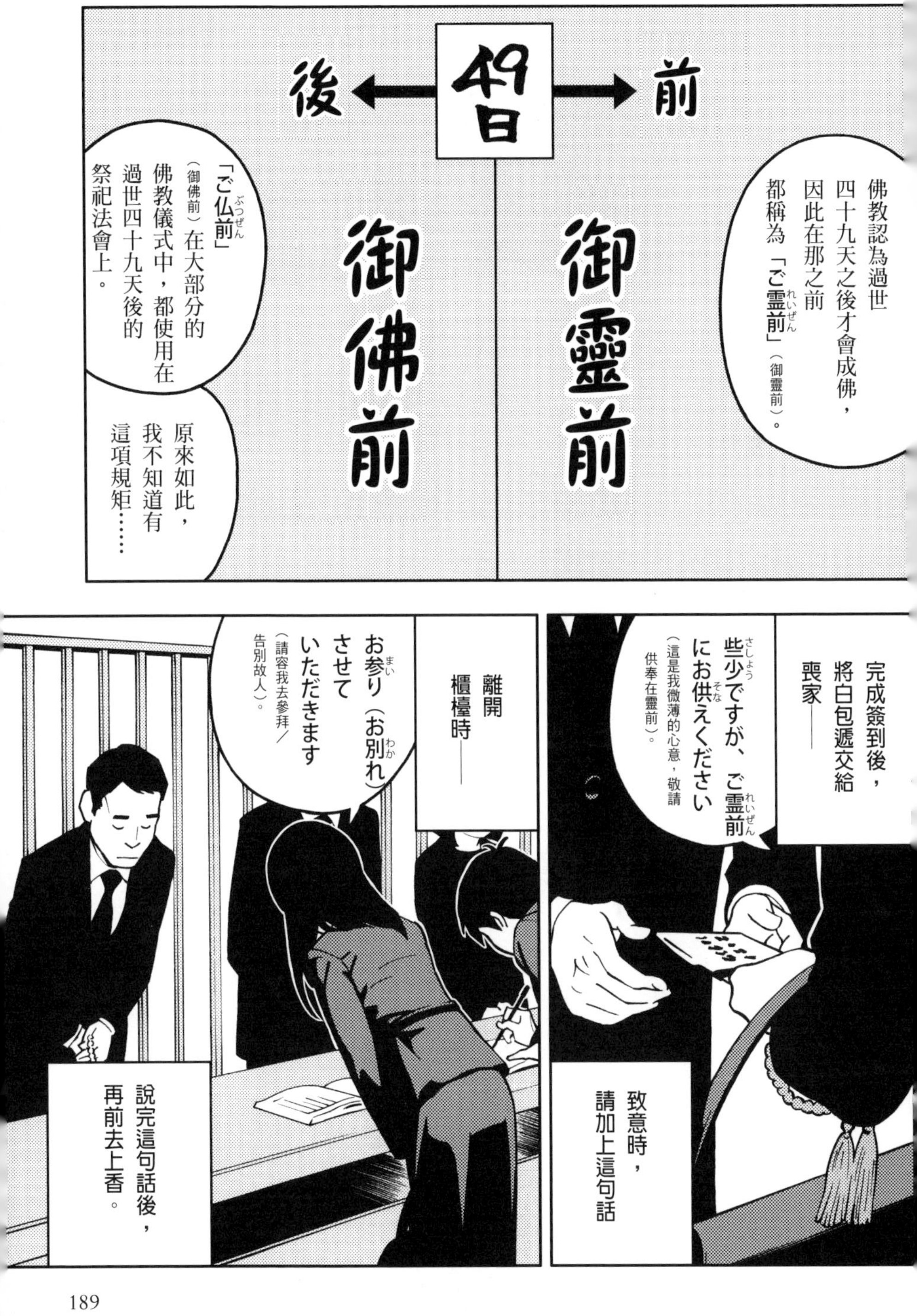
49日
前
後
佛教認為過世四十九天之後才會成佛，因此在那之前都稱為「ご霊前(れいぜん)」（御靈前）。
御靈前
御佛前
「ご仏前(ぶつぜん)」（御佛前）在大部分的佛教儀式中，都使用在過世四十九天後的祭祀法會上。
原來如此，我不知道有這項規矩……
完成簽到後，將白包遞交給喪家——
些少(さしょう)ですが、ご霊前(れいぜん)にお供(そな)えください（這是我微薄的心意，敬請供奉在靈前）。
致意時，請加上這句話
離開櫃檯時——
お参(まい)り（お別(わか)れ）させていただきます（請容我去參拜／告別故人）。
說完這句話後，再前去上香。

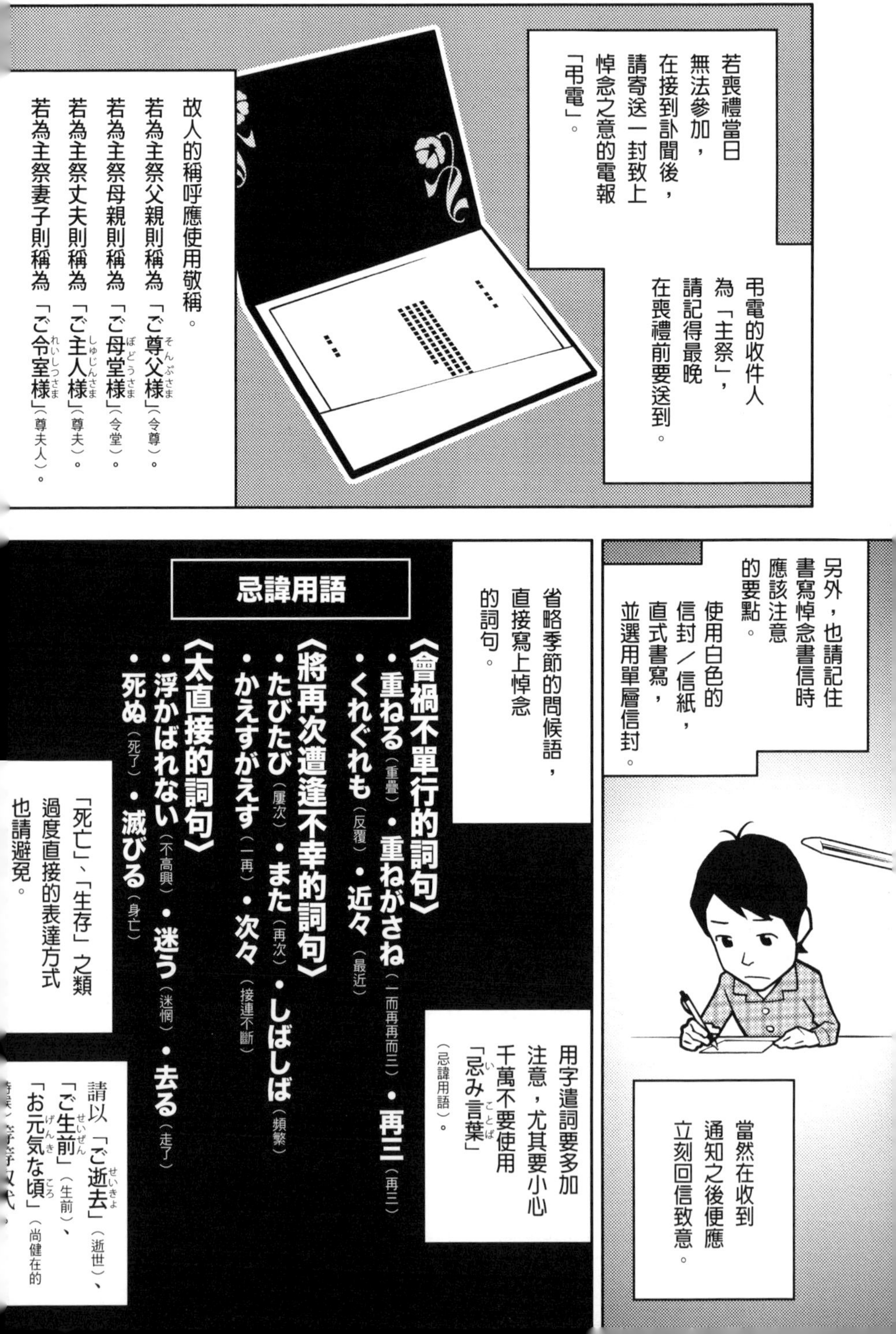
若喪禮當日無法參加，在接到訃聞後，請寄送一封致上悼念之意的電報「弔電」。
弔電的收件人為「主祭」，請記得最晚在喪禮前要送到。
故人的稱呼應使用敬稱。
若為主祭父親則稱為「ご尊父様」（令尊）。
若為主祭母親則稱為「ご母堂様」（令堂）。
若為主祭丈夫則稱為「ご主人様」（尊夫）。
若為主祭妻子則稱為「ご令室様」（尊夫人）。
另外，也請記住書寫悼念書信時應該注意的要點。
使用白色的信封／信紙，直式書寫，並選用單層信封。
當然在收到通知之後便應立刻回信致意。
省略季節的問候語，直接寫上悼念的詞句。
用字遣詞要多加注意，尤其要小心千萬不要使用「忌み言葉」（忌諱用語）。
忌諱用語
〈會禍不單行的詞句〉
・重ねる（重疊）・重ねがさね（一而再再而三）・再三（再三）
・くれぐれも（反覆）・近々（最近）
〈將再次遭逢不幸的詞句〉
・たびたび（屢次）・また（再次）・しばしば（頻繁）
・かえすがえす（一再）・次々（接連不斷）
〈太直接的詞句〉
・浮かばれない（不高興）・迷う（迷惘）・去る（走了）
・死ぬ（死了）・滅びる（身亡）
「死亡」、「生存」之類過度直接的表達方式也請避免。
請以「ご逝去」（逝世）、「ご生前」（生前）、「お元気な頃」（尚健在的

このたびは誠にご愁傷さまでございます
（誠心向您致意，敬請節哀順變）。
お力落としのないよう、お体に気をつけてください——
（也請各位好好保重身體——）
霧ケ丘斎
唉……
我緊張到整個人筋疲力盡。
喪禮不管參加過幾次，都是這麼累人的。
讓人身心俱疲……

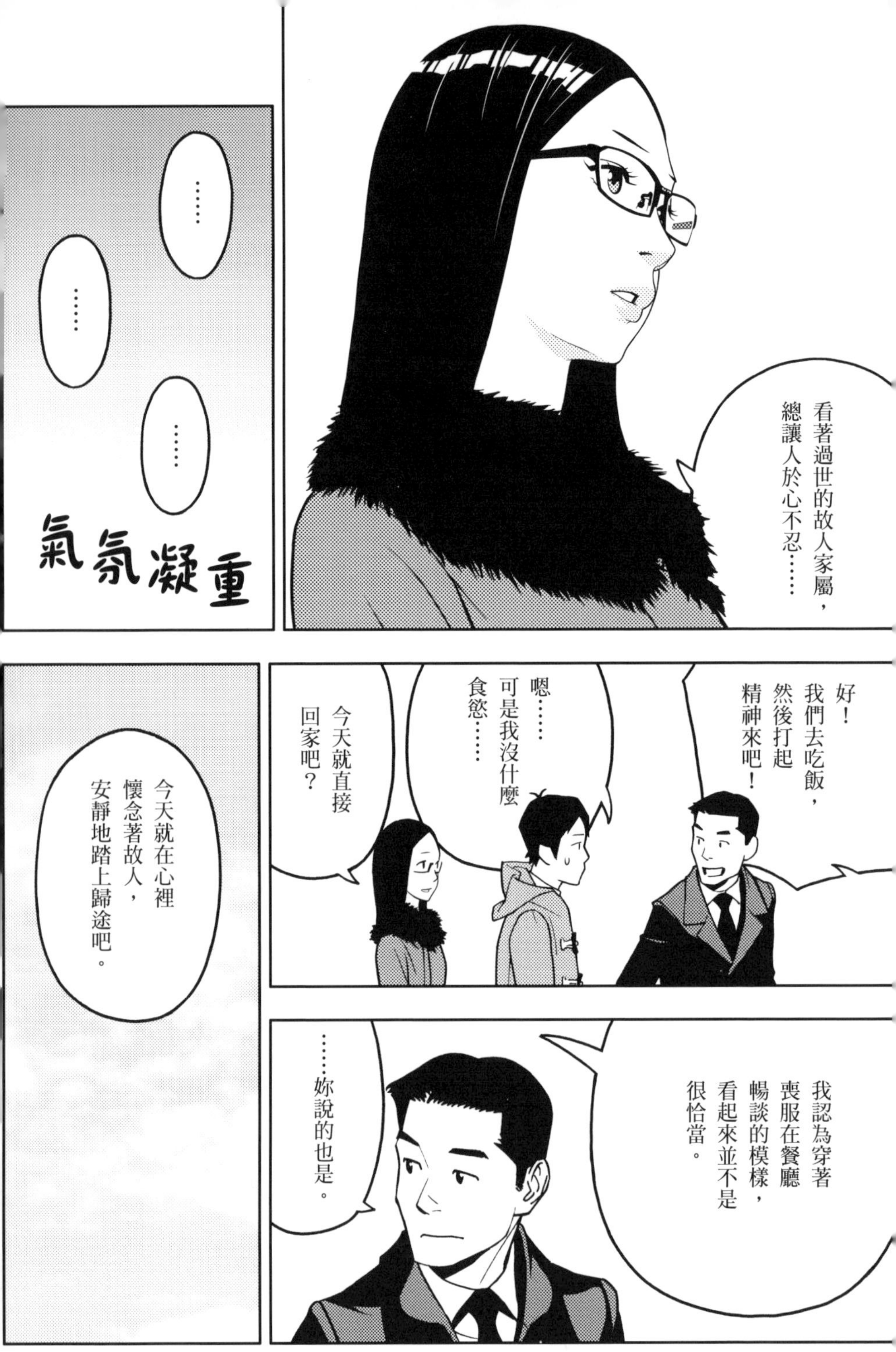

看著過世的故人家屬，總讓人於心不忍……
……
……
……
氣氛凝重
好！我們去吃飯，然後打起精神來吧！
嗯……可是我沒什麼食慾……
今天就直接回家吧？
我認為穿著喪服在餐廳暢談的模樣，看起來並不是很恰當。
……妳說的也是。
今天就在心裡懷念著故人，安靜地踏上歸途吧。

職場禮儀 #18「悼念」的注意事項

參加守靈或告別式，避免長時間交談，碰見熟人默默行禮即可

公司內或客戶發生不幸時，根據雙方關係親疏，某些情況下出席守靈或告別式比較好。有些情況較難判斷，因此請諮詢上司的意見。

若決定參加，事前請先確認守靈或告別式的時間日期、場地、喪禮主祭、宗教／教派，以及聯絡人等等。特別是喪禮的儀式及進行方式會依宗教或教派而異，因此事前若未經確認，到場後很容易手足無措。

即使參加守靈或告別式，到了會場後基本上不會跟喪家家屬交談。若想問候家屬，也記得長話短說，避免長時間交談。即使碰見熟人，也請默默行禮即可。

參加時要有自覺，記得自己代表著公司，並顧慮喪家家屬的心情，行為舉止千萬要小心謹慎。

事先準備正式場合的服裝與配件，便能隨時配上用場避免慌張

守靈原本是突然接獲訃文後趕去參加的儀式，因此只要顏色款式樸素即可，即便是平常的服裝也無妨，不過現在有愈來愈多人穿著黑色西裝或連身裙參加。但請避免穿著漆皮材質或有金屬配件的鞋子。女性也請拿掉身上的飾品。

另外，最近車站小店或便利商店也有販賣喪禮用的黑色領帶，因此可以在參加之前買到。無論如何，既然成了社會人士，事先準備好一套正式場合用的西裝，便能隨時派上用場以免驚慌。可以的話，慢慢增加一些正式場合可使用的配件吧。

情境式「悼念」參考佳句

■ 葬禮上的慰問

「このたびはご愁傷（しゅうしょう）様（さま）でございます」
（請節哀順變。）

更慎重的說法 **「このたびは誠（まこと）にご愁傷（しゅうしょう）さまでございます」**
（誠心向您致意，請節哀順變。）

NG 「重（かさ）ねがさねお悔（く）やみいたします」（我深感遺憾。）

■ 在櫃檯上遞交白包時

「ご霊前（れいぜん）にお供（そな）えください」（敬請供奉在靈前。）

更慎重的說法 **「些少（さしょう）ですがご霊前（れいぜん）にお供（そな）えください」**
（這是我微薄的心意，敬請供奉在靈前。）

NG 「これ、香典（こうでん）です。よろしくお願（ねが）いします」（這是白包。麻煩你了。）

■ 向家屬致意時

「誠（まこと）にご愁傷（しゅうしょう）様（さま）でございます」（敬請節哀順變。）

「突然（とつぜん）のお知（し）らせで、いまだに信（しん）じられない気持（きも）ちでございます」（突然接獲通知，我到現在還不敢置信。）

換句話說 **「このたびはご愁傷（しゅうしょう）様（さま）でございます。一日（いちにち）も早（はや）いご回復（かいふく）をとお祈（のり）りしておりましたが、残念（ざんねん）でなりません」**
（請節哀順變。我衷心祈禱故人能早日康復，真是遺憾。）

■ 主要三大宗教的慰問用語

佛教	「心（こころ）よりご冥福（めいふく）を申（もう）し上（あ）げます」（衷心為故人之冥福祈禱。）
神道	「御霊（みたま）のご平安（へいあん）をお祈（いの）り申（もう）し上（あ）げます」（祈禱故人靈魂平安。）
基督教	「安（やす）らかにお眠（ねむ）りになることをお祈（いの）りいたします」（希望故人安息。）

第19話

探病

——注意探病時間長短，避免造成病人負擔的言行

學附屬醫院
我們聽說妳因為食物中毒住院時，真的很擔心喔！
嗯，幸好不是重症。
……讓兩位擔心了，真是抱歉……

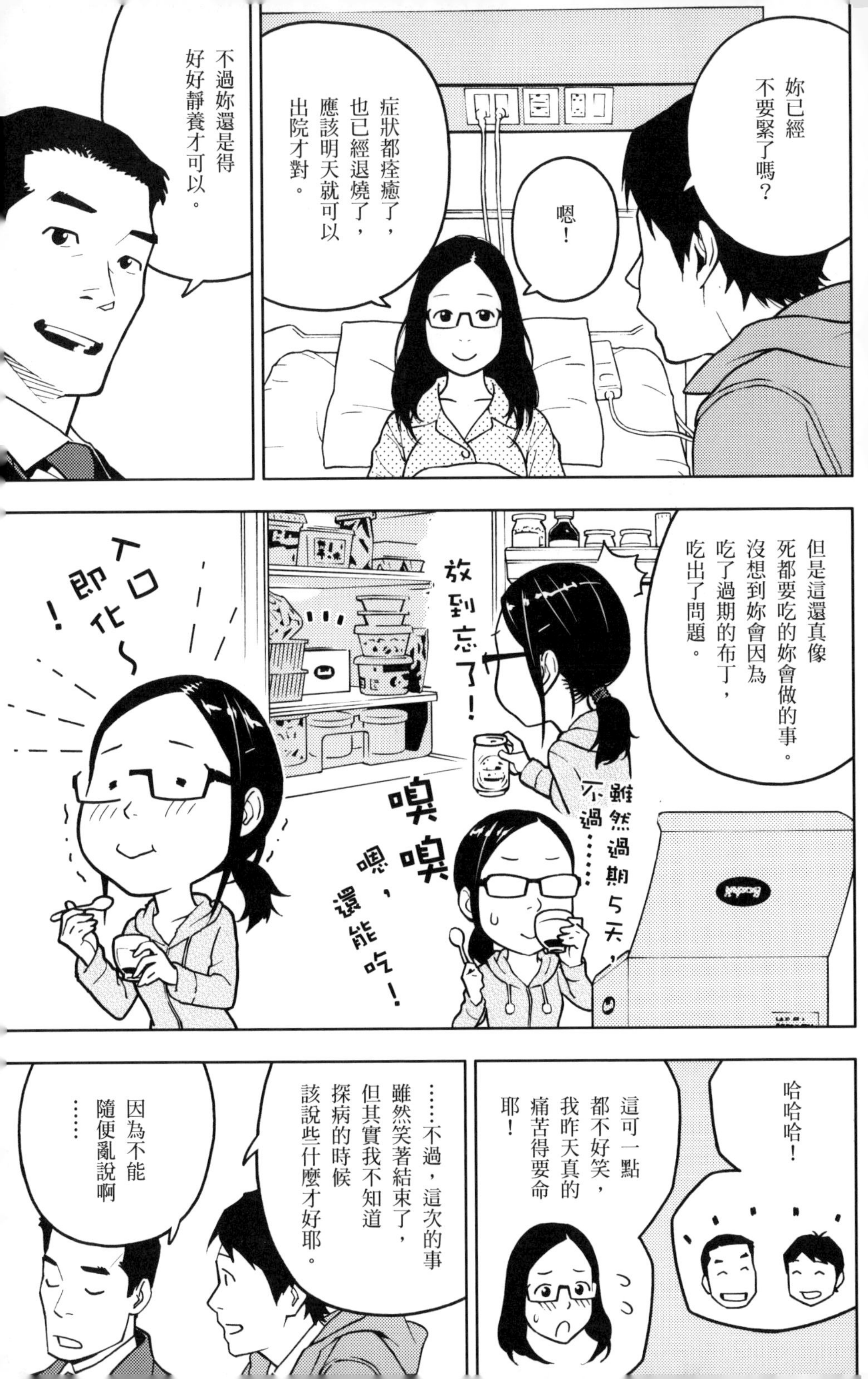
妳已經不要緊了嗎？
嗯！
症狀都痊癒了，也已經退燒了，應該明天就可以出院才對。
不過妳還是得好好靜養才可以。
但是這還真像死都要吃的妳會做的事。沒想到妳會因為吃了過期的布丁，吃出了問題。
放到忘了！
嗅嗅
雖然過期5天，不過……
嗯，還能吃！
入口即化～！
哈哈哈！
這可一點都不好笑，我昨天真的痛苦得要命耶！
……不過，這次的事雖然笑著結束了，但其實我不知道探病的時候該說些什麼才好耶。
因為不能隨便亂說啊……

探病的時候，無論如何，
「ご気分はいかがですか？」（您現在感覺如何？）
關心對方身體情況是最基本的。
遞上探病禮物時可以說「よろしければ、どうぞ」（不嫌棄的話，請收下）、「お持ちしてみました」（我帶了一點東西過來）
如果復原情況良好，可以說——
「お元気そうで、安心いたしました」（看您精神不錯，我就放心了。）、「お声に力が出てきましたね」（您的聲音聽起來中氣十足。）、「順調に回復していらっしゃるご様子で安堵致しました」（您看起來恢復得很順利，我放心多了）
諸如此類，添上為對方身體復原感到開心的話語會更好。
對於症狀並不樂觀的人，要避免具有刺激性或會對他造成負擔的話語，
儘量聆聽對方說話。

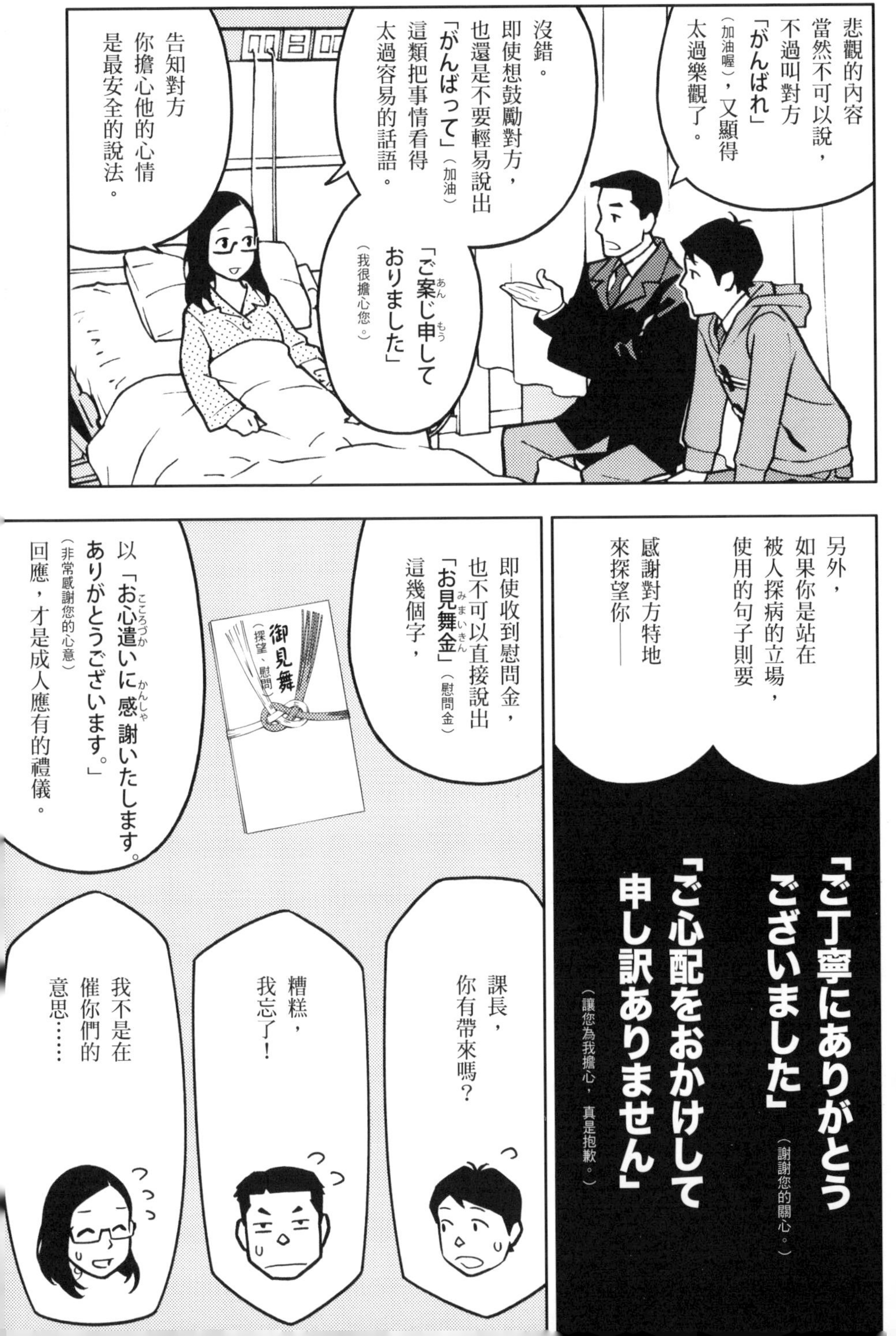
悲觀的內容當然不可以說，不過叫對方「がんばれ」（加油喔），又顯得太過樂觀了。
沒錯。即使想鼓勵對方，也還是不要輕易說出「がんばって」（加油）這類把事情看得太過容易的話語。
「ご案じ申しておりました」（我很擔心您。）
告知對方你擔心他的心情是最安全的說法。
另外，如果你是站在被人探病的立場，使用的句子則要感謝對方特地來探望你——
「ご丁寧にありがとうございました」（謝謝您的關心。）
「ご心配をおかけして申し訳ありません」（讓您為我擔心，真是抱歉。）
即使收到慰問金，也不可以直接說出「お見舞金」（慰問金）這幾個字，
御見舞（探望、慰問）
以「お心遣いに感謝いたします。ありがとうございます。」（非常感謝您的心意）回應，才是成人應有的禮儀。
課長，你有帶來嗎？
糟糕，我忘了！
我不是在催你們的意思……

而要離開時的問候，則可以這麼說——
お疲れになるといけませんから、そろそろ失礼いたします。
（您身體欠安不能太過勞累，所以我先告辭了。）
お大事になさってください。
（請多保重。）
由前來探病的人主動提出，並退出病房。
即使在病房裡聊得很愉快，也不能長時間賴在裡面不走。
因為病人會覺得「有人特地來探望自己，不能趕他走」，很容易勉強自己硬撐。
就算對方看起來精神不錯，但因為生病而體力不濟的人，很容易馬上就感到疲憊。
即使是去探望病狀正在恢復的人，上限也大概是三十分鐘左右。
若對方才剛住院，探病時間請以五到十分鐘為限。

嗯？
不過我看妳好像復原得很順利，我就放心多了。
那就請妳多保重，祝妳早日康復。
對、對不起，我們忍不住跟平常一樣問了一大堆……
嗯，我們差不多該走了。
哎呀，我真是的！你們特地來探望我，我卻說了這種話，真是太失禮了。
謝謝兩位關心。
啊，湯取先生，你等一下……

什麼事？
悄悄話 悄悄話
我跟你說喔，這家醫院裡有間麵包店。
你可以幫我買兩、三個過來嗎？隨便什麼口味的都可以。
……
啊，我會付錢給你的……
不行！
拜託嘛！我能拜託的只有你了！
萬一被發現，我會被罵的。
好嗎？
不行就是不行！
我從昨天就什麼都沒吃耶！
不行！
湯取先~生，好不好嘛？求求你！
咕嚕咕嚕
嗚~肚子~好餓喔~
咕嚕咕嚕
湯取先生大笨蛋~
傷腦筋啊……
隔天順利地出院了。

職場禮儀 #19「探望」的禮節

探病前先跟對方家人或同事確認，在病房大聲喧嘩違反禮節

公司同仁或客戶因傷病住院時，事前和上司或對方家屬確認是否方便探病，才不會給病患造成負擔。有些人會婉拒訪客探病。碰上這種情況，可以寫封信傳達自己慰問的想法，也不會造成病患麻煩。

一大群人趕去醫院或是在病房大聲喧嘩，都違反探病的禮節。千萬別忘了顧慮到探望的對象本身，以及同病房其他病患的觀感。如果直接去病房探望會給其他病患造成困擾的話，利用醫院的會客室也是一種方法。

對病人用字遣詞要慎重選擇，不要勉強安慰對方

不管什麼人，生病時都會比平常對別人說出的話更敏感。有些無心的話，也有可能讓人內心產生動搖。因此請慎選說出口的話語。

舉例來說，比起「お元気ですか？」（你還好嗎？），聽到人家說「元気そうですね」（你看起來很有精神），比較有受到鼓勵的感覺吧？些微不同的表達方式，在敏感的場面中是非常重要的。

如果病患開始說起身體不舒服的話題，也輕輕點頭、安靜聆聽。沒有必要勉強鼓勵對方，也千萬不要輕易地說「我懂、我懂」表示同感。光是感受到有人能夠理解自己，病患的心情也會輕鬆許多。

另外，切記不要為了幫病患打氣而大聲笑鬧。

情境式「探病」參考佳句

■ 進入病房時

「おじゃまします」（打擾了。）

「失礼(しつれい)します」（失禮了。）

NG 「よっ、元気(げんき)？」（嗨，你還好嗎？）

■ 詢問身體狀況時

「お加減(かげん)はいかがですか？」（您身體情況如何？）

更慎重的說法 **「お加減(かげん)はいかがでいらっしゃいますか？」**（您身體情況如何？）

NG 「具合(ぐあい)はどうですか？」（你情況怎樣？）

■ 想為對方打氣時

「お元気(げんき)そうで安心(あんしん)しました」
（看您精神不錯，我就放心了。）

換句話說 **「お顔(かお)の色(いろ)がいいですね」**（您氣色很好呢。）

NG 「お顔(かお)の色(いろ)が優(すぐ)れませんね」（你氣色看起來不怎麼樣耶。）

NG 「痩(や)せられましたか？」（你瘦了嗎？）

■ 離開時的招呼

「お大事(だいじ)になさってください」（請多保重。）

NG 「元気(げんき)出(だ)してくださいね」（打起精神來喔！）

第20話

祝賀

——保持愉快爽朗的氛圍，應對得宜，切忌過度喧嘩

咦?!
我負責演說？
宴會當天，
社長人在德國，
所以社長希望將代理演說
交給年輕人負責。
唔嗯……
我懂——
在「地球堂文具」
創立七十周年
這種值得紀念的
宴會上演說，
任誰都不想扛下
這種重責大任的——
如果你無論如何
都不願意的話，
那就由我……
……我明白了，
我接。
你別那麼說嘛？
拜託你！
基本上用你
想說的話就好了，
不過我會幫你
檢查用字遣詞，
而且當天我也
會跟你一起去，
所以……
……咦？

你剛剛說你要接？
我還以為你一定會拒絕……
喀噠
啊啊，我原本打算自己上臺的……
我總不能老是逃避我不擅長的事情啊。
哎呀哎呀哎呀?!
喔！你現在會說這種話了。
只不過，先不管演說的事情，其實更大的問題是我不知道在正式的祝賀場合上該怎麼做才好……
哈哈哈
首先就從那裡開始吧！
在慶賀的場合中，首先先向主辦者問候致意，才是應有的禮儀。
本日はおめでとうございます。お招きいただき光栄です（今天真是恭喜。承蒙您的邀請，我倍感光榮）。
心からお祝い申し上げます（衷心向您致上祝賀之意）。
盛大なお式でお喜び申し上げます（能參加如此盛大的儀式，我也非常開心）。
向對方傳達你由衷祝賀的心意。
さらなるご発展をお祈りしております（期盼您今後能有更進一步的發展）。
一定要發自內心喔！

這次是宴客形式的宴會，因此入座時一定要先帶著笑容向兩邊的客人說聲「失礼いたします」（失禮了）之後再坐下。
入座時，從椅子左側入座才有禮貌。千萬不要默不作聲地一屁股坐下。
失礼いたします（失禮了）。
從左側
入座之後，抬頭挺胸、姿勢端正地坐著，才能給人好印象
還沒上菜嗎？我肚子好餓…！
她是誰？
臉紅——
演說等等開始後，請盡快結束交談，將臉及身體轉向演說者並傾聽內容。
乾杯時，即使不善飲用酒類，也該以酒杯靠嘴、做出飲酒的動作，才是祝賀宴席上應有的禮儀。
咕嚕
咕嚕
雖說如此，但也沒必要硬喝喔！
假裝喝酒也OK

另外，祝賀宴會後，儘快寫好感謝函並寄送給主辦人，對方會感到很開心的。
除了在宴會場上表示祝賀外，再以文章或郵件等正式寫上祝賀的詞句，
可以更清楚明瞭地將感謝的心情，傳達至對方的心裡。
嗯，事後的工夫也很重要！

順帶一提，說到祝賀，
雖然這次的宴會上不能使用……
在商場上較常見對方升遷高位或升職時，
○「ご栄転おめでとうございます」（恭喜您升遷。）
○「ますますの飛躍をお祈りしております」（衷心期望您步步高升。）
○「××でのご活躍をお祈り申し上げます」（衷心期望您在××的活躍。）
推薦使用上述這些慣用句。

總之，宴會當天的主角是主辦人，千萬不能因為是宴會，就玩得太過忘我！
我根本沒有玩樂的餘力啊！
嗯，櫻井妳自己才應該注意不要暴飲暴食！
課長，我也拜託您千萬別用您最擅長的冷笑話，讓宴會上的氣氛冷掉。
唔……妳也愈來愈敢說了嘛。
不，好像一開始……
好了，別計較啦，我們該來討論最重要的演說內容了。
於是……
EMPEROR HOTEL
創立70周年紀念
……謝謝司儀的介紹。我是Taol股份有限公司的湯取。
今日獲邀至此，由衷地向貴公司獻上我們的祝福。

地球堂文具創立七十周年……
感覺湯取先生變得愈來愈可靠了呢……
跟剛進公司的時候相較之下的確是。
呵呵，真令人難以想像啊……
只不過能把他當菜鳥對待的日子也不多了。今後周圍的眼光會比以前更加嚴格。
再半個月，就會有新進員工進來，湯取先生也就成為前輩了呢……
啜泣
嗯？妳怎麼了？
一想到再過不久，我就沒有東西可以教導他了，不禁覺得有點寂寞……

沒那回事。我也一把年紀了，還是有很多事情我不知道。
再說，日語很深奧。即使厲害如妳，也沒有辦法在一朝一夕內全部教完啊。
……那麼，各位來賓，酒杯準備好了嗎？
讓我們為地球堂文具股份有限公司創立七十周年獻上祝福，並期盼他們將來能有更好的發展，
乾杯!!
對方看不見自己的心。因此才要使用敬語，也就是慎選用字遣詞好傳達心意。
當你顧慮對方的心意，確實傳達給對方時，也就能夠獲得對方的信賴。
敬語的知識，可使商務應對進行得更加圓滑，讓你跟對方打好關係，並成為你創造未來的力量。
我快緊張死了——

職場禮儀#20「祝賀」的應有禮儀

在慶賀的場合不可過度喧嘩，比平常開朗一點五倍最恰當

出席與工作相關的宴會或婚禮等慶賀場合時，也請不要忘了自己是以公司代表的身分前來參加的。謹記參加盛宴時必須保持節度。在值得慶賀的場合中，記得要散發出愉快爽朗的氣氛。千萬不可過度喧嘩放肆，表現出比平常開朗一點五倍左右或許最恰當。

入座時先向兩邊的人說聲「失礼いたします」（失禮了），並向不認識的人以「私は○○社の○○と申します」（我是○○公司的○○）自我介紹。之後再如「○○さんにはいつも仕事でお世話になっています」（我在工作上經常受到○○先生／小姐的照顧）一般，簡單說明自己和主辦人或宴會主角的關係，便能給對方安心的感覺。

遞交名片時，請先問對方「ご挨拶させていただいてもよろしいでしょうか？」（方便讓我跟您打聲招呼嗎？）如果對方正在用餐，請等對方用餐結束後再找機會交換名片。若想遞交名片的對象正在和別人說話，請勿插嘴打斷，靜待他們談話結束。

若時間允許，請簡短問候宴會主角一聲

若時間上方便，請跟宴會主角問候一聲。對方應該很忙，所以只要說聲「本日はおめでとうございます。お招きいただき光栄です」（今天非常恭喜您。承蒙您的邀請，我深感榮幸）便足夠。若是某種紀念宴會，可以如「○○に感動しました」（○○讓我深受感動）或「すばらしい建物ですね」（這棟建築真壯觀啊）般，描述具體的感想。

情境式「祝賀」參考佳句

■ 婚宴櫃檯上（1）

「本日はおめでとうございます」（今日恭喜兩位新人。）

更慎重的說法 **「本日は誠におめでとうございます」**
（今日誠摯恭喜兩位新人。）

NG「おめでとう！」（恭喜！）

■ 婚宴櫃檯上（2）

「新郎の友人の湯取草太です」
（我是新郎的朋友湯取草太。）

更慎重的說法 **「私、新郎の友人の湯取草太と申します」**
（我是新郎的朋友，我叫湯取草太。）

NG「湯取です」（我姓湯取。）

■ 遞交禮金時

「お祝いの気持ちです」（送上一點心意，略表祝福。）

更慎重的說法 **「お祝いのしるしです。お納めください」**
（僅以此表示祝賀之意。請收下）

NG「ご祝儀です」（這是禮金。）

■ 婚宴結束送客時給新人的問候

「本日はおめでとうございます。末永くお幸せに！」（今天恭喜兩位結婚。祝兩位百年好合！）

「素敵な披露宴でした。お招きいただいて、本当にありがとうございました」
（非常美好的一場婚宴。非常感謝兩位的邀請。）

NG「おめでとうございました！」（恭喜！）

書號：0NFL0144
野人文化
讀者回函卡

書　名 ______________________

姓　名 ______________ □女 □男　年齡 ______

地　址 ______________________

____

電　話 ______________ 手機 ______________

Email ______________________

□同意 □不同意　收到野人文化新書電子報

學　歷 □國中(含以下) □高中職 □大專 □研究所以上

職　業 □生產/製造 □金融/商業 □傳播/廣告 □軍警/公務員
□教育/文化 □旅遊/運輸 □醫療/保健 □仲介/服務
□學生 □自由/家管 □其他

◆你從何處知道此書？
□書店：名稱 ______________ □網路：名稱 ______________
□量販店：名稱 ______________ □其他 ______________

◆你以何種方式購買本書？
□誠品書店 □誠品網路書店 □金石堂書店 □金石堂網路書店
□博客來網路書店 □其他 ______________

◆你的閱讀習慣：
□親子教養 □文學 □翻譯小說 □日文小說 □華文小說 □藝術設計
□人文社科 □自然科學 □商業理財 □宗教哲學 □心理勵志
□休閒生活（旅遊、瘦身、美容、園藝等） □手工藝／DIY □飲食／食譜
□健康養生 □兩性 □圖文書／漫畫 □其他 ______

◆你對本書的評價：（請填代號，1. 非常滿意 2. 滿意 3. 尚可 4. 待改進）
書名 ____ 封面設計 ____ 版面編排 ____ 印刷 ____ 內容 ____
整體評價 ____

◆你對本書的建議：

____

____

____

____

野人文化部落格http://yeren.pixnet.net/blog
野人文化粉絲專頁 http://www.facebook.com/yerenpublish

廣告回函
板橋郵政管理局登記證
板橋廣字第143號

郵資已付　免貼郵票

野人

23141
新北市新店區民權路108-2號9樓
野人文化股份有限公司 收

請沿線撕下對折寄回

野人

書號：0NFL0144